D—1014

तोता बोले, मैना बोले, और बोले जग सारा
द्वार पे मां के आके सारे, बोलो जै-जैकारा
जै-जै शेरां वालिए, जै-जै मेहरां वालिए
तीतर, मोर, पपीहा बोले, सुनकर भक्त का मनवां डोले
सच्चे मन से सारे मिल के, बोलो जै-जैकारा
जै-जै लाटां वालिए, जै-जै जोतां वालिए
दीन-दुखी सब द्वारे आए, मां के चरणों में सीस झुकाए
भवन बना है मां का देखो कितना प्यारा-प्यारा
जै-जै भवनां वालिए, जै-जै मेहरां वालिए
ममता सबसे मां की न्यारी, करती है जो सिंह सवारी
जिसकी महिमा से मिट जाए देखो सब अंधियारा

—इसी संकलन से

माता की भेंटें

नरेन्द्र चंचल, शंकर-शम्भू, मोनू चड्ढा और जसविन्दर नरूला की मधुर आवाज में गाई गई महामाया वैष्णो देवी की अभूतपूर्व भेंटों का नायाब गुलदस्ता.........

संकलन : साजन पेशावरी

प्रकाशक : डायमण्ड पाकेट बुक्स
2715, दरियागंज, नई दिल्ली-110002
वितरक : पंजाबी पुस्तक भण्डार
6
110032

Jaikara Sheranvali ka Sajan Peshavari

अनुक्रम

भगतो,

प्रस्तुत पुस्तक में जिन गीतकारों, गायकों और गायिकाओं द्वारा रचित एवं गायी गई सुप्रसिद्ध भेंटों को लिया गया है—मैं उनका दिलो-जान से शुक्र गुज़ार हूं। खास कर गुरु भाई अरविन्द कुमार शर्मा 'अश्क' देहलवी का आभारी हूं कि भेंटें उपलब्ध कराने में पूरा-पूरा सहयोग दिया है।

—साजन पेशावरी

मत्थे रोलियां गला दे विच अट्टे

मत्थे रोलियां, गलां दे विच अट्टे
मारे मेहर दे जिनां नूं माई छिट्टे
ओ बचड़े निहाल हो गए

अइयां जिनां नूं पवन उत्तो चिट्ठियां
पाइयां उनां ने मुरादां मिट्ठियां
ओ लाल, लालो लाल हो गए
तेरे बचड़े निहाल हो गए

चित्त कलियां तो कोमल तेरा
मन मोह ममता दा डेरा
अक्खां दो अमृत दे सागर
तेरा नूर है नूरी सवेरा
तेरे दर ते मां शेरां वाली
लैं के आए जो सवाल सवाली
हो पूरे ओ सवाल हो गए
तेरे बचड़े निहाल हो गए

तेरी करनी दे कौतुक हजारां
किवें भटा दे विच में अंगारा
पत्थरा चों फुल पए उगदे
पतझड़ विच खिड़न बहारां
तैनूं परखया शहनशाह दे कहरां

सिर सुट्ट गइयां नहर दियां लहर
हो जलबे कमाल हो गए
तेरे बचड़े निहाल हो गए

नित मन वाला मनका फेरां
हजूं दीदयां तो दीद लई केरां
दिल वाले शीशे दे उत्ते
दाती पया जान तरेड़ां
तेरा दरस जिनां ने पाया
हे जग जननी महामाया
ओ बाल ख़ुशहाल हो गए
तेरे बचड़े निहाल हो गए

गीतकार : अज्ञात गायक : नरेन्द्र चंचल

●

माई मैंनूं लाल बख्श दे

पूजां कंजकां मैं लौंकड़ा मनावां
ओ माई मैंनूं लाल बख्श दे
मां मैं वी किसे दी कहावां
ओ माई मैंनूं लाल बख्श दे
लाल बख्श दे, माई बाल बख्श दे.........

तेरी गोदी फुल्लां भरी ते मेरी गोदी खाली ए
कुल दा चिराग दे दे, मैय्या जोतां वाली ए
सुख दे दे, मैं सुखना चढ़ावां
ओ माई मैंनूं लाल बख्श दे
लाल बख्श दे, माई बाल बख्श दे.........

निक्की जही मंग मंगा लख ते करोड़ ना
मैं हां थुड़ी होई दाती तेरे दर थोड़ ना
दे लाल, लाल चोला ले के आवां
ओ माई मैंनूं लाल बख्श दे
लाल बख्श दे, माई बाल बख्श दे.........

सुक्के-सड़े बंजरा च दाने तू उगाए मां
डुबदे बचाए लक्खां, उजड़े वसाए मां
भरो झोली, झोली बाल लयावां
ओ माई मैंनूं लाल बख्श दे
लाल बख्श दे, माई बाल बख्श दे···

लेखक : चमनलाल 'जोश' गायक : नरेन्द्र चंचल

कंजकां खेडदियां

दाती दे दरबार कंजकां खेडदियां
मैय्या दे दरबार कंजकां खेडदियां
मेरी रानी दे दरबार कंजकां खेडदियां
महारानी दे दरबार कंजकां खेडदियां

सज्जे कंजकां, खब्बे कंजकां
कंजकां आसे-पासे
जग-जननी नाल खेडां खेडण
खिड़-खिड़ निकलन हासे
कंजकां खेडदियां
शेरां वाली दे दरबार, कंजकां खेडदियां

रंग-बिरंगी चुन्नियां सिर ते
इक तों इक है चंगा
हवा च उडण तां इंज जापण
जिवें पींघ कोई सतरंगी
कंजकां खेडदियां
लाटां वाली दे दरबार कंजकां खेडदियां

हीरे-पन्ने नीलम दे हाथ
गीटे लै भुडकावन
जगत रचावण वालीयां जग नूं
खेडां-खेड दिखावन
कंजकां खेडदियां
जोतां वाली दे दरबार कंजकां खेडदियां

लक्ष्मी खेडे सरस्वती खेडे
खेडे कांगड़े वाली
चिन्तपूरनी चामुण्डा खेडे
खेड रही महाकाली
कंजकां खेडदियां
भौणां वाली दे दरबार कंजकां खेडदियां

माता वैष्णों दे भूले नूं
सब्बे देण दुलारे
सखियां गांवण किकलियां पावण
'जोश' मैय्या दे द्वारे
कंजकां खेडदियां
मेरी अम्बे दे दरबार कंजकां खेडदियां
जगदम्बे दे दरबार कंजकां खेडदियां

लेखक : चमनलाल 'जोश' गायक : नरेन्द्र चंचल

माता तेरा कण-कण में अस्थान

माता तेरा कण-कण में अस्थान
सारे जग में घूम रहा है, तेरा चक्र महान
मात तेरा कण-कण में अस्थान, मात तेरा......

चहुं ओर पा कर अंधियारा
तूने अपना तेज उभारा
पहले चमका गगन में तारा
चांद की फिर किरणों को संवारा
फिर तूने सूरज चमकाया, अम्बर के दरमियान
मात तेरा कण-कण में अस्थान, मात तेरा......

सात द्वीप नौ खण्ड बनाए
गरदिश में नौ ग्रह भी आए
कोई कहां तक महिमा गाए
क्षण में दिया ब्रह्माण्ड सजाए
लहर-लहर लहराई पवन जब चमके सूरजभान
मात तेरा कण-कण में अस्थान, मात तेरा......

फैला जब सूरज का आंचल
घिर-घिर आए काले बादल
इतना बरसा अम्बर से जल
हो गई सारी धरती जल थल
भरे ताल बह निकली नदिया, हरे हुए खलियान
मात तेरा कण-कण में अस्थान, मात तेरा......

धरती से उपजे गुल बूटे
रंग बिरंगे अंकुर फूटे

जीव-जन्तु के सपने टूटे
अमृत के फव्वारे छूटे
कोने-कोने में धरती के जाग उठा इन्सान
मात तेरा कण-कण में अस्थान, मात तेरा……

जीव ने जिस दम नज़र उठाई
बात यही इक मन में आई
किसने मेरी देह बनाई
मुझमें किसकी ज्योति समाई
मेरे हृदय की कुटिया में कौन बना मेहमान
मात तेरा कण-कण में अस्थान, मात तेरा……

सूरज की उजियाली देखी
खेतों की हरियाली देखी
फूलों की जब डाली देखी
सब में शेरां वाली देखी
हाथ जोड़ कर फिर यूं बोला, मैं तेरे कुरबान
मात तेरा कण-कण में अस्थान, मात तेरा……

बोल उठा तेरी महिमा जानी
जै दुर्गे-जै आद भवानी
जग जननी, शक्ति कल्यानी
करो दया अम्बे महारानी
'फलक' कहे मां तेरी जय हो, दे मुझको वरदान
मात तेरा कण-कण में अस्थान, मात तेरा……

गीतकार : हीरालाल 'फलक' गायक : शंकर शंभू

चढ़ जा चढ़ाइयां, भगता

तैनूं मैय्या जी ने आप बुलाया
चढ़ जा चढ़ाइयां भगता
ओने करम ते करम कमाया
चढ़ जा चढ़ाइयां भगता
तैनूं मैय्या जी ने आप बुलाया...

पास वाली थां ते आ के उठदे उजाले ने
दरणे तू मां नूं जा के दिलवाले छाले ने
दिलां विच औदा नां है समाया
चढ़ जा चढ़ाइयां भगता
तैनूं मैय्या जी ने आप बुलाया...

ऐ ही आवाज तेरी सोहणी तकदीर ए
ओदे नां दी मिट्टी तेरे लई अकसीर ए
कण-कण विच वसे महामाया
चढ़ जा चढ़ाइयां भगता
तैनूं मैय्या जी ने आप बुलाया...

मंग लै मुरादां दाती कोलों आ के मंग लै
पलकां दे पल्ले ओदे दर बिछा के मंग लै
ओदी अक्खां विच न कोई पराया
चढ़ जा चढ़ाइयां भगता
तैनूं मैय्या जी ने आप बुलाया...

गीतकार : अज्ञात — गायक : नरेन्द्र चंचल

दे दे चरणां दी धूल दातिए

दे दे अपने तू चरणां दी धूल दातिए
मैंनूं तेरियां फकीरियां कुबूल दातिए
दे दे धूल दातिए.........

ओनूं मत्थे उत्ते लावां
ओनूं सिर ते सजावां
ओनूं अखां विच पावां
ओनूं तन ते रमावां
तेरी मेहर बिना जिन्दगी फिजूल दातिए
मैंनूं तेरियां फकीरियां कुबूल दातिए
दे दे धूल दातिए.........

मैं हां धूल दा सवाली
तू है दुनिया दी वाली
मेरे कोल है कंगाली
तेरे पैरां च खुशहाली
रेहया गमां वाले झूले विच झूल दातिए
मैंनूं तेरियां फकीरियां कुबूल दातिए
दे दे धूल दातिए.........

लगा दरशना दा रोग
लित्ता जग कोलों जोग
दाती देवीं ना वियोग
ताने देवनगे ऐ लोग
टुट शरधा दे जानगे उसूल दातिए
मैंनूं तेरियां फकीरियां कुबूल दातिए
दे दे धूल दातिए.........

मैं हां तेरा दरवेश
मेरा मंगते दा भेष
अम्बे आया तेरे देश
मेरे कट दे कलेश
तूं तो कर देवे फुल्ल सारे सूल दातिए
मैंनूं तेरियां फकीरियां कुबूल दातिए
दे दे धूल दातिए......

तू ही चाहना है मेरी
तू ही कामना है मेरी
तू ही साधना है मेरी
तू अराधना है मेरी
धूड़ 'बागी' दी जिन्दगी दा मूल दातिए
मैंनूं तेरियां फकीरियां कुबूल दातिए
दे दे धूल दातिए......

लेखक : बागी

गायक : नरेन्द्र चंचल

देखीं, पौड़ी तों ना घबरावीं

मैय्या जगदात दी
कहके जै जै मात दी
टुरदा जावीं
देखीं पौड़ी तों ना घबरावीं
देखीं पौड़ी तों ना घबरावीं......

पहले मन अपना साफ बना लै
फिर दाती नूं अरज सुना लै
मेरी शक्ती वदा
मैंनूं चरना च ला
कहदां जावीं
देखीं, पौड़ी तों ना घबरावीं......

ओखी घड़ी ते पेंण आया बलड़ा
ओ दी शरधा दा तू फड़ लै पलड़ा
साथी रल जानगे
दुखड़े टल जानगे
भेंटां गावीं
देखीं, पौड़ी तो ना घबरावीं......

पहला दरशन कौल कंधोली
दूजा देवी ने भरनी ए झोली
आद कुंवारी नूं
जगत महतारी नूं
शीश झुकावीं
देखीं, पौड़ी तो न घबरावीं......

तेरा हीरा जन्म अनमोला
मिलना मुड़ नहीं मनुष दा चोला
धोखा न खा लवीं
दाग न ला लवीं
बच जावीं
देखीं, पौड़ी तो ना घबरावीं......

मां दे नाम दा लै के सहारा
चढ़ जाएगा परबत सारा

वेखीं सुन्दर गुफा
मन दे भरम मिटा
वापस आवीं
देखीं, पौड़ी तो ना घबरावीं

गीतकार : अज्ञात
गायक : नरेन्द्र चंचल

शेरां वाली कर किरपा

तेरे नाम दी जपां मैं माला
माला
तेरी नाम दी जपां मैं माला
ओ शेरां वाली कर किरपा
तेरे नाम दी···
ऐ जग कलियां-फुल्ल ने तेरे, तू बागां दी माली
मेरी बगिया विच है पतझड़, करम कमावण वाली
भरो झोली मेरी मात ज्वाला
ज्वाला
भरो झोली मेरी मात ज्वाला
ओ शेरां वाली कर किरपा
तेरे नाम दी···
मन-मन्दिर विच मात भवानी, आ कर करो बसेरा
अपनी ज्योती दे दे मैय्या, होवे दूर अन्धेरा
मेरी दुनियां च कर दे उजाला
उजाला

मेरी दुनियां च कर दे उजाला
ओ शेरां वाली कर किरपा
तेरे नाम दी...

तू चाहें तां उजड़े बन विच, कोयल गीत सुनाए
सीपियां दे विच तेरी ज्योती, जा मोती बन जाए
तेरा 'चंचल' है खेल निराला
निराला
ओ शेरां वाली कर किरपा
तेरे नाम दी जपां मैं माला
माला
तेरे नाम दी जपां मैं माला
ओ शेरां वाली कर किरपा
तेरे नाम दी...

लेखक : नरेन्द्र चंचल गायक : नरेन्द्र चंचल

दूर ही बेकली नहीं होती।
दिल में सच्ची खुशी नहीं होती॥
भूल जाने पे मां को ऐ 'साजन'
जिन्दगी जिन्दगी नहीं होती॥

—साजन पेशावरी

मुंशी खत लिख दे

शेरां वाली दे वल जाना, मुंशी खत लिख दे
मैं आप न कुछ लिख जाना, मुंशी खत लिख दे

छती लिख टुर जाणा ए संगता
लै जाणा ऐ उस खत भगता
जिन्हां मां नूं फोल सुनाना, मुंशी खत लिख दे
मैं आप न कुछ लिख जाना...

लिख पेहलां प्रणाम तू मेरा
होया उदास ऐ बचड़ा तेरा
मैंनूं कद चरणा नाल लाणा, मुंशी खत लिख दे
मैं आप न कुछ लिख जाना...

सब भगतां वल चिट्ठियां पांवें
कइयां नूं हर साल बुलावें
मेरा भुल गई पता ठिकाना, मुंशी खत लिख दे
मैं आप न कुछ लिख जाना...

याद करां मैं, तू बिसराया
मैंनूं क्यों न हुक्म सुनाया
या तू समझ लया बेगाना, मुंशी खत लिख दे
मैं आप न कुछ लिख जाना...

पुत्तरां नूं मावां दे भरोसे
मेरे तों किस गल दे रोसे
आ के रूठड़ी मां नूं मनाना, मुंशी खत लिख दे
मैं आप न कुछ लिख जाना...

जे हुण भी न मिलया वलदा
तेरे होन्दया रहसां रुलदा
तेरे नाम दा पाके बाना, मुंशी खत लिख दे
शेरां वाली दे वल जाना, मुंशी खत लिख दे
मैं आप न कुछ लिख जाना...

गायक : नरेन्द्र चंचल

गीतकार : अज्ञात

फुल्लां नूं ना तोड़ मालने

पत्ते-पत्ते विच, शेरां वाली वसदी
फुल्लां नूं ना तोड़ मालने
डाली-डाली विच शेरां वाली वसदी
फुल्लां नूं ना तोड़ मालने
फुल्लां नूं ना तोड़ मालने
फुल्लां नूं ना तोड़ मालने

कलियां च वसदी ऐ काली महारानी जी
कटड़े च वसदी ऐ वैष्णौं रानी जी
जर्रे-जर्रे विच शेरां वाली वसदी
फुल्लां नूं ना तोड़ मालने

कित्ते चिन्त पुरणी ते कित्ते मां ज्वाला ए
कित्ते नैना देवी ए ते कित्ते प्रित पाला ए
तेरे चरणां च बाण-गंगा वगदी
फुल्लां नूं ना तोड़ मालने

बाण गंगा दा तेरा ठण्डा पाणी ए
जय-जय माता आदि भवानी ए
पेड़ियां दी रंगत ऐ दसदी
फुल्लां नूं ना तोड़ मालने

हाथी मत्थे दी मां ओखी चढ़ाई ए
शक्ती दे नाल चढ़ी शेरां वाली माई ए
पापीयां दे सीने उत्तों लंघदी
फुल्लां नूं ना तोड़ मालने

भैरों दी घाटी असी छुप-छुप लंघणा
शक्ति दा दान मैय्या तेरे कोलों मंगणां

शक्ति त्रिकाल दी मां तेरे बसदी
फुल्लां नूं ना तोड़ मालने
पत्ते-पत्ते विच शेरां वाली बसदी
फुल्लां नूं ना तोड़ मालने

लेखक : अज्ञात गायक : नरेन्द्र चंचल

शेरां वाली दा द्वारा

शेरां वाली दा द्वारा
सारे जग तों न्यारा
लगे भगतां नूं प्यारा, शेरां वाली दा···

तेरे दर ते जो भी आवे—जय हो
मुंह मंगियां मुरादां पावे—जय हो
उसनूं दर्शन मिल जावे—जय हो
तेरी महिमा अपरमपार—शेरां वाली दा···

देवतया संसारी—जय हो
तेरे दर दे ने भिखारी—जय हो
तैनूं पूजे दुनिया सारी—जय हो
ओ मैय्या आदि कुमारी—जय हो
तेरा किसे ना पाया पार—शेरां वाली दा···

शिव शंकर वी ध्यान लगांदे—जय हो
ब्रह्मा भी वेद सुनांदे—जय हो
विष्णू वी मंगल गांदे—जय हो

सब तेरी किरपा चांदे—जय हो
तू ही जग दी पालन हार—शेरां वाली दा···
तू अटके बेड़े तारे—जय हो
तू बिगड़े काज संवारे—जय हो
तू भर दे मां भण्डारे—जय हो
'चंचल' वी आया द्वारे—जय हो
मां सुन तू बच्चियां दी पुकार—शेरां वाली दा···
शेरां वाली दा द्वारा
सारे जग तों न्यारा
लगे भगतां नूं प्यारा—शेरां वाली दा······

लेखक : नरेन्द्र चंचल गायक : नरेन्द्र चंचल

लेते ही तेरा नाम मुकद्दर पलट गया।
दाती हमारी राह से पत्थर भी हट गया॥
परबत पे चढ़ गए तेरा करते हुए भजन।
दुश्वार रास्ता था मगर फिर भी कट गया॥

—साजन पेशावरी

दर्शन दे माता

हो कर शेर सवार, दर्शन दे माता
हमको भी इक बार, दर्शन दे माता
दे दर्शन······दे दर्शन······
अपने बारमबार, दर्शन दे माता······

लाल लाल चोले वाली मां
ओढ़ के लाल चुनरिया
लाल मन्दिर वाली मां
लेना लाल की खबरिया
तुमको रहा पुकार, दर्शन दे माता
हमको बारमबार, दर्शन दे माता……

पल-पल हर क्षण याद में
तेरी गुज़रे है महारानी
कभी न भूलूं तुझको
मुझको वर दे दे वरदानी
कर दो ये उपकार, दर्शन दे माता
हमको बारमबार, दर्शन दे माता……

कण-कण में बसने वाली
कल्याण करो कल्याणी
रोम-रोम में बस जाओ मेरे
मेरी आदि भवानी
हो जाए उद्धार, दर्शन दे माता
हमको बारम्बार, दर्शन दे माता……

नैन बिछाए बैठा हूं मैं
तेरी राह में दाती
अब तो आजा, बुझ न जाए
'जोश' की जीवन बाती
जग की पालन हार, दर्शन दे दाती
हमको बारमबार, दर्शन दे दाती……

लेखक : चमनलाल 'जोश' गायक : नरेन्द्र चंचल

रोशनी है निगाह में 'साजन'
होश दुनिया ने अब सम्भाला है ।
जग रही है जगह-जगह पर ज्योति,
मां का हर वक्त बोलबाला है ।।

—साजन पेशावरी

जैकारा जाए गली-गली

घर-घर विच है महिमा तेरी
जैकारा जाए गली-गली
सूआ चोला अंग बिराजे
लिशकारा जाए गली-गली
जैकारा जाए गली-गली......

हथ विच खप्पड़ मात कालका
गल मुण्डन दी माला
दुष्ट दमन दी खातिर निकली
साथ हैं भैरों बाबा
बन आई काल दुष्टां दा
फुंकारा जाए गली-गली
जैकारा जाए गली-गली......

किधरे चौक च खेल रही है
किधरे बेड़ी तारे
किधरे तू अभिमान तोड़ दी
किधरे काज संवारे

तेरी चम-चम चमके जोत
चमकारा जाए गली-गली
जैकारा जाए गली-गली……

अन्नपूर्णा बन के मैय्या
भर देंदी भण्डारे
करदी किरपा बन के शारदा
गूंगा वेद उचारे
बांझा नूं लौंकड़े देंदी
किलकारा जाए गली-गली
जैकारा जाए गली-गली……

दर तेरे ते आए दाती
भेटां तेरियां गांदे
गा-गा तेरी महिमा अम्बे
मन चाहा फल पांदे
पग 'चंचल' वजदे छैंणे
छनकारा जाए गली-गली
जैकारा जाए गली-गली……

लेखक : चंचल गायक : नरेन्द्र चंचल

मां तेरे मन्दरां दी

पजा करन संसारी
मां तेरे मन्दरां दी
मैं देखां शान न्यारी
मां तेरे मन्दरां दी
मन्दरां दी……माई मन्दरां दी……

माता तेरी जोत नूरानी
न कोई जिसदा जग ते सानी
शोभा खूब प्यारी
मां तेरे मन्दरां दी
मन्दरां दी……माई मन्दरां दी……

सुन्दर-सुन्दर छैल-छबीला
शेर तेरा रंग जिसदा पीला
करदा पहरेदारी
मां तेरे मन्दरां दी
मन्दरां दी……माई मन्दरां दी……

इक वार जो दिल तो चावे
अपने आप ओ तुरया जावे
ऐनी खिच है भारी
मां तेरे मन्दरां दी
मन्दरां दी……माई मन्दरां दी……

नाम तेरा जद जिभ ते आंदा
मन दुखिया आराम है पांदा

करामात है सारी
मां तेरे मन्दरां दी
मन्दरां दी······माई मन्दरां दी······

जिस तू जाणे आप विधाता
जग कहे कर किरपा माता
झलक तकां इक वारी
मां तेरे मन्दरां दी
मैं वेखां शान न्यारी
मां तेरे मन्दरां दी
मन्दरां दी······माई मन्दरां दी······

गीतकार : अज्ञात   गायक : अज्ञात

माता शेरां वालिए

मिलिया द्वारा तेरा, माता शेरां वालिए
मैंनूं है सहारा तेरा माता शेरां वालिए
माता शेरां वालिए,
माता लाटां वालिए······

बच्चे भुलणहार ने तेरे न दे होर सजावां
दुनिया ते मशहूर ऐ गल ए मावां ठडियां छावां
ओ चिन्ता पूरनी
होई क्यों दूर नी
मैंनूं है सहारा तेरा माता शेरां वालिए
माता शेरां वालिए
माता जोतां वालिए······

शरण आये नूं गले लगा के मेरी माता प्यारी
'चन्न' तेरे नूं याद करदयां उम्र बीत गई सारी
आंखां तू मोड़ ना
दिल नूं तू तोड़ ना
मैंनूं है सहारा तेरा माता शेरां वालिए
माता शेरां वालिए
उच्चे भवनां वालिए......

लेखक : चन्न गायक : हीरालाल हीरा

तेरियां तू जाणे

तू जाणे—तू जाणे
तू जाणे महारानी
तेरियां तू जाणे......

तेरियां कीतियां कौन उथल्ले
मौजां लदे भले-वलवल्ले
भुक्खे मरण सियाणे
तेरियां तू जाणे......

इकना नूं दयें खुले भण्डार
इक पए भुक्खे फिरन वचारे
खाण नूं मिलण न दाणे
तेरियां तू जाणे......

ब्रह्मा पार वी पा न सकिया
नारद महिमा गा न सकिया
मनन तेरे भाणे
तेरियां तू जाणे......

माया तेरी ऐ महामाई
धरती पानी उते तराई
हो न हैरान [illegible]
तेरियां तू जाणे......

नाम तेरा मां शक्ति देवे
मुक्ति देवे, भक्ति देवे
जिसनूं बख़्शे बाणे
तेरियां तू जाणे......

विच गुफ़ा दे वास है तेरा
ख़ाली क्यों मन मन्दिर मेरा
आजा किसी बहाणे
तेरियां तू जाणे
तू जाणे—तू जाणे
तू जाणे महारानी
तेरियां तू जाणे......

गीतकार : अज्ञात गायक : नरेन्द्र

●

कोई महरूम ही नहीं रहता,
फूल हर आरज़ू का खिलता है।
ये है माता का द्वार ऐ 'साजन'
जो भी मांगो यहीं से मिलता है।

— साजन पेशावरी

आए तेरे नराते दातिए

आए तेरे नराते दातिए
आए तेरे नराते
कंजकां पूजां जोत जगावां
रोज करां जगराते दातिए
आए तेरे नराते.........

पहले नराते खेतरी बीजां
चंदन धूप धुखावां
उदे विच गणपती दी माता
गौरां दर्शन पावां
किरदे किरपा ते हरियाली
खुशहाली महारानी
अन्न-धन जीवन सुख सारे
तेरे भण्डारे पावां
कंजकां पूजां जोत जगावां
रोज करां जगराते दातिए
आए तेरे नराते........

दूजे नराते लक्ष्मी मां नूं
पूजां सीस झुकावां
तीजे महाकाली महारानी
दाती दे गुण गावां
चौथे नराते चिन्तपूर्णी
मां दे सम्मुख बै के
चिन्ता ला के भरा चौकियां
गावां नेम निभावां

कंजकां पूजां, जोत जगावां
रोज करां जगराते दातिए
आए तेरे नराते.........

पंजवे नराते कांगड़े वाली
वर देवे वरदानी
छेवें नराते ज्वाला मां दी
जोत जगे विच पानी
सतवें सत दीप नौखण्ड ते
चौदह भवन दी मालिक
खोल भण्डारे, द्वारे बैठी
मैय्या वैष्णो रानी
कंजकां पूजां जोत जगावां
रोज करां जगराते दातिए
आए तेरे नराते.........

रखे व्रत मां याद च तेरी
हर इक रात लंघाई
खुशियां लै के हर घर अन्दर
दुर्गा अष्टमी आई
कन्या रूप च कल्याणी ते
'जोश' ने दर्शन कीते
अष्टभुजी जग जननी मां दी
सबने जोत जगाई
कंजकां पूजां, जोत जगावां
रोज करां जगराते दातिए
आए तेरे नराते.........

लेखक : चमनलाल 'जोश' गायक : नरेन्द्र चंचल

जो वी करना ऐ तू मेरी मां कर दे

भांवें हां कर दे, भावें ना कर दे
जो भी करना ए तू मेरी मां कर दे
मां कर दे, मेरी मां कर दे.........

दुख देवें, सुख देवें झोली विच पा लवां
तेरे कण्डेयां नं वी मैं सीने नाल ला लवां
भांवें धुप कर दे भांवें छां कर दे
जो वी करना ए तू मेरी मां कर दे
माँ कर दे, मेरी मां कर दै........

मुश्किलां च पाके न अज जाई माई मां
सुन अरदास मेरी दिलों न भुलाई मां
मेहर मेरे उत्तें मैय्या जाणी जां कर दे
जो बी करना ए तू मेरी मां कर दे
मां कर दे, मेरी मां करदे........

तेरी हर रजा दे अगे सिर नं झुकावां मैं
भाणा मनन तेरा मैय्या शुकर मनावां मैं
भांवें उन्ताऊं कर दे भांवे ना कर दे
जो वी करना ए तू मेरी मां कर दे
मां कर दे, मेरी मां कर दे........

दिल च उमंग मेरी इहो इक मंग मां
'चंचल' नू अपने ही रंगा विच रंग मां

मेरी सुन लै पुकार हुण हां कर दे
जो वी करना ए तू मेरी मां कर दे
मां कर दे—हुण तां हां कर दे
हां कर दे, मेरी मां कर दे.........

लेखक : चंचल गायक : नरेन्द्र चंचल

●

हंसदा मुस्कान्दा जा

हंसदा मुस्कान्दा जा, तू नाम धियान्दा जा
मिल जाएगा दर उसदा, जैकारे लांदा जा
हंसदा मुस्कान्दा जा.........

परबत दी चोटी दे इक गुफा निराली ए
उस गुफा दे विच बैठी मां शेरां वाली ए
तैनूं चरनी लगाएगी तू आदि मनान्दा जा
मिल जाएगा दर उसदा, जैकारे लांदा जा
हंसदा मुस्कान्दा जा.........

दरबार दे विच जा के तू दुखड़े सुना देवीं
अपना सिर दाती दे चरना च झुका देवीं
ओ पार लघांएगी, तू भेटां गान्दा जा
मिल जाएगा दर उसदा, जैकारे लांदा जा
हंसदा मुसकान्दा जा.........

वरदानी—कल्याणी मां तैनूं तारेगी
बिगड़ी तकदीर तेरी ओ आप संवारेगी

'चंचल' जै माता दी हर इक नूं बुलान्दा जा
मिल जाएगा दर उसदा जैकारे लान्दा जा.........
हंसदा मुस्कान्दा जा.........

लेखक : चंचल गायक : नरेन्द्र चंचल

शेर वेखया, तेरा शेर वेखया

शेर वेखया, तेरा शेर वेखया
वेखया गुफा दे अगे गजदा
शेर वेखया.........

शेर तेरे दी की है निशानी
मत्थे उत्ते तिलक, गले विच गानी
देखया गुफा दे कोलों लंघदा
शेर वेखया.........

पहाड़ तेरे दी की है निशानी
तिन उदे किंगरे ते आदि भवानी
रस्ते विच गर्म जून लंघदा
शेर वेखया.........

गुफा तेरी दी की है निशानी
छोटी-छोटी बर्फ ते गिट्टे-गिटटे पानी
चरनां च नीर पया वगदा
शेर वेखया.........

माता तेरी दी की है निशानी
केसर तिलक ते कपड़े बदामी
मत्थे उत्ते मुकट है सजदा
शेर वेखया.........
शेर वेखया, दे अगे गजदा
शेर वेखया.........

गीतकार : अज्ञात गायक : नरेन्द्र चंचल

कतियां न जाण पुनियां

जदों याद मैय्या जी तेरी आवे
ते कतियां न जाण पुनियां
कतियां न जाण पुनियां......

कत-कत पुनियां मैं भवन बनाया
भवन बनाया मैय्या द्वार तेरे आया
मैं रज-रज दर्शन पाया
ते कतियां न जाण पुनियां......

कत-कत पुनियां मैं शेर बनाया
शेर बनाया मैय्या द्वार तेरे आया
मैं रज-रज दर्शन पाया
ते कतियां न जाण पुनियां......

कत-कत पुनियां मैं चौला बनाया
चौला बनाया, दाती तेरे दर आया
मैं रज-रज दर्शन पाया
ते कतियां न जाण पुनियां···

गीतकार : अज्ञात गायिका : कुमारी रेखा पवन

दिल दी पुकार सुन लो

इस दर तों कोई वी ना मुड़या
कदे वी न मुड़या
ओ मैय्या इक बार सुन लो
दिल दी पुकार सुन लो
इक बार सुन लो···बार-बार सुन लो···

अपने भगत दा कासा भरो मां
बे तकदीर वल नजर करो मां
दिल दे सवाल मेरे चार सुन लो
इक बार सुन लो···बार-बार सुन लो···

चरणा दी सेवा मां पहला सवाल है
तन्दुरस्ती दूजा, तीजा धन माल है
चौथे तू खड़के मेरी तार सुन लो
इक बार सुन लो···बार-बार सुन लो···

कारज मां इक दे सौ-सौ संवारे
पलकां च डुबे होए पलकां च तारे

'दास' दी नैय्या करो पार सुन लो
इक बार सुन लो···बार-बार सुन लो···

लेखक : दास
गायक : हीरालाल हीरा

जय माता दी बोल-बोल के

तेरे नाम दी जोत जगाई
जै माता दी बोल-बोल के
मंगा दरशन अज महामाई
जै माता दी बोल-बोल के
तेरे नाम दी जोत जगाई······

ना जाणां कुछ पूजा करनी
दूर करो दुख मां दुख हरनी
तेरे दर दाती अलख जगाई
जै माता दी बोल-बोल के
तेरे नाम दी जोत जगाई······

आए हां दर तेरे आस लगा के
भार गुनाहां दा सिर ते चाके
लैण खैर लई झोली मां विछाई
जै माता दी बोल-बोल के
तेरे नाम दी जोत जगाई······

मेहर मां जिसते तेरी होई
थोड़ न रहन्दी उसनूं कोई

मैं वी अज आया तेरे दर माई
जै माता दी बोल-बोल के
तेरे नाम दी जोत जगाई......

बिन दरशन किवें जीवे निर्बल
नहीं छडनी तेरे दर दी सरदल
गल दिल दी मैं खोल सुनाई
जै माता दी बोल-बोल के
तेरे नाम दी जोत जगाई...

लेखक : करतारचन्द निर्बल | गायक : अज्ञात

वेखो माता रानी आई जे

पीले शेर उते करके सवारी
वेखो माता रानी आई जे
बोलो रज के जैकारा इक वारी
वेखो माता रानी आई जे
रानी आई जे...महारानी आई जे......

लाल सूवा चोला दाती गल विच पाया ए
शीश उपर हीरयां दा मुकुट सजाया ए
लाल चुन्नी उत्ते लगी ऐ किनारी
वेखो माता रानी आई जे
रानी आई जे...महारानी आई जे......

हत्था उत्ते मेहन्दी दाती लाल-लाल लाई ए
लाल चूड़ा, लाल-लाल माला गल पाई ए

मत्थे टिक्का सोहे, शोभा है न्यारी
वेखो माता रानी आई जे
रानी आई जे···महारानी आई जे······

ब्रह्मा ते विष्णूं वी यश तेरा गांवदे
शेर सवारी आके दर्शन पांव दे
आसन ला के बैठे भोले-भण्डारी
वेखो माता रानी आई जे
रानी आई जे···महारानी आई जे·····

गीतकार : अज्ञात गायक : अज्ञात

दाती, तू ना आई

तैनूं दिल दा हाल सुनाया ई, पर तू ना आई
असां अपना आप गंवाया ई, पर तू ना आई
तू ना आई दाती,
तू ना आई

रख मेरी विच मेख मार के, बदल देयो तकदीरां
तेरी किरपा दे बिन दाती, न चलन तदबीरां
तेरे दर ते डेरा लाया ई, पर तू ना आई
तू ना आई दाती
तू ना आई

मैं नैंनां दे दीवे दाती तेरे नां विच बाले
डुबदी जांदी जीवन नैय्या, कीती तेरे हवाले
नैय्या दा खिवैय्या बनाया ई, पर तू ना आई

तू ना आई दाती
तू ना आई

इक-इक सांस मेरा ऐ दाती, तेरा नाम ध्यावे
क्यों 'चंचल' दी हालत ते तैनूं तरस न आवे
मैं सिर सजदे च झुकाया ई, पर तू ना आई
तू ना आई दाती
तू ना आई
तैनूं दिल दा हाल सुनाया ई, पर तू ना आई

लेखक : नरेन्द्र चंचल गायक : नरेन्द्र चंचल

खोल बूए मन्दरां दे

आए दर्शन करन पुजारी
कि खोल बूए मन्दरां दे
तेरी जोतां तों जांवा वारी
कि खोल बूए मन्दरां दे
मन्दरां दे···मन्दरां दे···

इक दो नहीं कई भगत हजारां
बन के खलौते तेरे दर ते कतारां
दे दर्शन वारों-वारी
कि खोल बूए मन्दरां दे
मन्दरां दे···मन्दरां दे······

आंवदे फकीर तेरे दीद दे प्यासे
तन ते लीरे ते हथ विच कांसे

पा खैर मां आदि कुमारी
कि खोल बूए मन्दरां दे
मन्दरां दे…मन्दरां दे…

गमां दे मारे ते लोकां दे सताए
आण पहुंचे तेरे दर ते माए
असां वेखणी ए शेर सवारी
कि खोल बूए मन्दरां दे
मन्दरां दे…मन्दरां दे…

'चन्न' तेरा ऐ दूरों आया
नाल दिलों लै 'मुन्सफ' आया
मां आए हां पहली वारी
कि खोल बूए मन्दरां दे
मन्बरां दे…मन्दरां दे…

लेखक : चन्न या मुंसफ गायक : हीरालाल हीरा

छैती-छैती मुक पैंडिया

असी दर मैय्या जी दे जाणा,
छैती-छैती मुक पैंडिया
असी दिल दा हाल सुनाणा
छैती-छैती मुक पैंडिया
छैती-छैती मुक पैंडिया—छैती-छैती मुक पैंडिया

कदों दी लई असां अग दीदार दी
आई ए रुत सौणी औदे दरबार दी

ओदे दर ते शीश झुकाणा
छैती-छैती मुक पैंडिया···

हंजुआं दे सेहरे असी आंदे ने बना के
अंखियां दी टोकरी दे अन्दर सजा के
जग जननी दी चरनी चढ़ाणा
छैती-छैती मुक पैंडिया······

भेंटा तेरे लई नईं कुज मेरे कोल मां
लै के आया श्रद्धा दे फुल अनमोल मां
तेरा बचड़ा गरीब निमाणा
छैती-छैती मुक पैंडिया···

गीतकार : अज्ञात — गायक : नरेन्द्र चंचल

मन्दरा नूं जाण वालेया

मेरी माई नूं सुनया पहुंचावीं
मन्दरां नूं जाण वालेया
शेरां वाली नूं अरज सुनावीं
मन्दरां नूं जाण वालेया
मन्दरां नूं जाण वालेया···

भुल न जावीं पैगाम तू मेरा
पहलां करीं प्रणाम तू मेरा
वांगा कंजकां नूं वढंदा जावीं
मन्दरां नूं जाण वालेया···

होई की खता न दर ते बुलाया
पत्थरां वांग दिल दस क्यों बणाया
हाल दुखिया दिलां दा सुनावीं
मन्दरां नूं जाण वालेया……

दर तो लियावीं मां दे चरणां दी धूड़ी
हो जावे 'साथी' दी तमन्ना वो पूरी
अथरू 'चंचल' दे जा भेंट चढ़ावीं
मन्दरां नूं जाण वालेया…
मेरी माई नूं सुनया पहुंचावीं
मन्दरां नूं जाण वालेया……

गीतकार : चंचल या साथी गायक : नरेन्द्र चंचल

मेरी बेड़ी बन्ने लाओ

मैय्या जी मेरी बेड़ी बन्ने लाओ
मैय्या जी मेरी बेड़ी बन्ने लाओ

रात हनेरी बद्दल छाए, दाती बिजली कड़के
दूर किनारा, कोई न सहारा, दिल मेरा मां धड़के
डुब गए चप्पू, रूस गए मांझी
खुद मांझी बन जाओ
मैय्या जी मेरी बेड़ी बन्ने लाओ

एद्दर पाणी, उद्दर पाणी, होर अंखियां विच पाणी
डुब न जावां, बांहों फड़ लै, मेरी नाव पुराणी

इस चंचल ते, जगत तारणी
मैय्या करम कमाओ
मैय्या जी मेरी बेड़ी बन्ने लाओ
मैय्या जी मेरी बेड़ी बन्ने लाओ

लेखक : नरेन्द्र चंचल गायक : नरेन्द्र चंचल

आजा शेरां वालिये

शेरां वाली मां……
पहाड़ां वाली मां……
आजा शेरां वालिए—सवाली ने पुकारदे

दर्शनां दी आस
सानूं मोड़ीं न निराश
तेरे चरना दे दास, वाजां मारदे
आजा शेरां वालिए—सवाली ने पुकारदे

तेरा छड होर केड़े दर दाती जाइए
किन्नूं जा के अपना मां हाल सुनाइएं
सुन के तराने आजा
किसी वी बहाने आजा
आ के दर्द - दिवानियां नूं तार दे
आजा शेरां वालिए—सवाली ने पुकार दे

रुसया ज़माना, कित्ते तू न रुस जाईं मां
बच्चयां प्यारयां दी बिगड़ी बनाईं मां

असी हां ग़रीब
साढे बदलो नसीब
लै के गोदी विच बच्चयां नूं प्यार दे
आजा शेरां वालिए, सवाली ने पुकार दे

लेखक : नरेन्द्र चंचल गायक : नरेन्द्र चंचल

जगमग जगदी जोती

जगमग जगदी जोती तेरी जगमग जगदी जोती
जगमग जगदी जोती···
विष्णु तेरी करे आरती
इन्द्र चंवर भुलावे
ब्रह्मा वेद उचारे द्वारे
नारद बीणा बजावे
वेख के तैनूं मैलियों मैली, अखी जावे धोती
जगमग जगदी जोती···
अम्बे-अम्बे, जै जगदम्बे
शक्ति आद भवानी
तेरे लई कोई ओखी गल नई
हत्थां ते सरों उगानी
भवनां वाली भवन दे उत्ते कुल चढ़ावे मोती
जगमग जगदी जोती···
बच्चेयां लई कुल्ली न जुल्ली
तेरी शान निराली
अन्दर बढ़ के बैठी हैं तूं
दौ के बूए बारी

दे दर्शन 'मन्जूर' मां आखे, संगत बाहर खलोती
जगमग जगती जोती तेरी जगमग जगदी जोती

गीतकार : मन्जूर गायक : सिकन्दर अमृतसरी

मात मेरी पींघा झूटे

मात मेरी पींघा झूटे
झूटे सखियां नाल, मात मेरी पींघा झूटे......

सावन दी रुत आई सुहानी
भवन ते बदलियां छाइयां
चिंत पूरनी मात मेरी ने
सबनूं चिट्ठियां पाइयां
धार के कंजकां रूप देवियां
उतर पहाड़ों आइयां
मात मेरी पींघा झूटे
झूटे सखियां नाल, मात मेरी पींघा झूटे......

बूटे-बूटे झूटे लैंदिया
कोई पींघ नहीं खाली
मस्त पवन आ गई झुलाने
पींघ बणी हर डाली
बौड़ा उत्ते पींघा पाइयां
दाती घौड़ां वाली
मात मेरी पींघा झूटे
झूटे सखियां नाल, मात मेरी पींघा झूटे......

लम्बे-उच्चे झूटे झूटण
चढ़ के पवन हुलारे
सूरज बदलां दे विच लुक के
देखे खेल नयारे
चन्न झरोखे विच्चों झांके
मां दी नज़र उतारे
मात मेरी पींघा झूटे
झूटे सखियां नाल, मात मेरी पींघा झूटे......

गीतकार : चमनलाल 'जोश' गायक : नरेन्द्र चंचल

आवांगे हर साल

आवांगे—आवांगे
आवांगे हर साल—माई तेरे आवांगे
नारियल भीटा छत्र लयाइए
आरती वेले जोत जगाइए
झण्डा चढ़ाइए लाल—माई तेरे आवांगे

मांवा हुन्दिया ठडीयां छावां
पुत्र भुले नहीं भुलदियां मावां
साढा करीं खयाल—माई तेरे आवांगे

होर कोई नहीं थोड़े हैं नाती
इको चीज़ दी थोड़ है दाती
जे तू बख्शे वाल—माई तेरे आवांगे

बाल-बच्चे विच सुख बरसाईं
तृष्णा भुख ते प्यास मिटाईं
टब्बर लइए नाल—माई तेरे आवांगे

सुख-शान्ती, बुध दईं मां
बच्चियां नूं तू दुध दईं मां
पूरे करीं सवाल—माई तेरे आवांगे

बच्चे साढे पास करा दे
धर्म कर्म शुभ कर्म सिखा दे
मिटण चुरासी जाल—माई तेरे आवांगे

धर्म अर्थ विच माया लाइए
कन्या पूजन यज्ञ कराइए
खुल्ला दयो धन-माल—माई तेरे आवांगे
आवांगे हर साल—माई तेरे आवांगे

गीतकार : अज्ञात   गायक : अज्ञात

●

मेरी मां दा चूड़ा किस घड़या

मेरी मां दा चूड़ा किस घड़या
किस घड़या लालो-लाल
मेरी दाती दा चूड़ा किस गड़या......
मां दियां बाहवां चढ़या—जै हो
चन्द सितारे जड़या—जै हो

लाल सुआ रंग चड़या—जै हो
संगत दर ते होई निहाल
चूड़ा किस घड़या......

नारियल भेंट चढ़ाया—जै हो
केसर तिलक लगाया—जै हो
चरणी शीश झुकाया—जै हो
सजदा मां दा भवन कमाल
चूड़ा किस घड़या......

नंगे - नंगे पैरी आंदे—जै हो
द्वार ते झाडे झुलांदे—जै हो
मन दियां मुरादां पांदे—जै हो
आंदे भगत ने सालों-साल
चूड़ा किस घड़या।
लै के खड़े निमाणे बाल
चूड़ा किस घड़या......

गीतकार : अज्ञात गायक : अज्ञात

मां ने कुण्डा ला लया

मैं आया दरबार
ते भगतो
मां ने कुण्डा ला लया
ला लया—ला लया......

रानू बचड़ा रो-रो पुकारे

खोल कुण्डा ते बख़्श द्वारे
डाडा होया लाचार
ते भगतो
मां ने कुण्डा ला लया
ला लया—ला लया……

मावां हुन्दियां ठाडी छावां
तेरा दर छोड़ मैं किस दर जावां
मिल के करों पुकार
ते भगतो
मां ने कुण्डा ला लया
ला लया…ला…लया…

मैंनूं वेख के आदि कुंवारी
दाती आई शेर सवारी
कहंदी बारमबार
मैं कुण्डा खोल लया
आजा मेरे दरबार
मैंने कुण्डा खोल लया
खोल लया, कुण्डा खोल लया……

गीतकार : अज्ञात **गायिका : कुमारी रेखा पवन**

आ गए तेरे द्वारे

आ गए, आ गए
आ गए तेरे द्वारे
माई मेरी आ गए……

तेरे लाडले बचड़े प्यारे
माई मेरी आ गए
मुओं लाण तेरे जैकारे
माई मेरी आ गए
आ गए तेरे द्वारे
माई मेरी आ गए······

उन्नूं चरना दे विच लाईं
एनां दे दिल दी प्यास बुझाईं
माई मेरी आ गए······

आए दर ते जो वी सवाली
मैय्या न मोड़ें तू खाली
तेरे दर दी शान निराली
तेरे पैरां विच खुशहाली
माई मेरी आ गए······

तेरा दरबार मां सबतों नयारा
सबतों सोणां, सबतो प्यारा
जित्थों मिलदा सबनूं सहारा
माई मेरी आ गए······

मेरी मां सबदे कष्ट मिटाए
बेड़ी सबदी ओ बन्ने लाए
सच्चे मन नाल जो वी ध्याए
तैथों मन-चाहया फल पाए
श्रद्धा नाल जो जोत जगाए
मैय्या तैनूं सन्मुख पाए
माई मेरी आ गए······

माई सूये चोलयां वाली
वण्डे बचयां नूं खुशहाली
बख्शे हर चेहरे नूं लाली
माई मेरी आ गए……

तूं सबदी आस पुजाएं
तूं सबदे भाग जगाएं
तू सुत्ते भाग जगाएं
माई मेरी आगए……

हे जगदम्बे, ऐ महामाया
तेरा अन्त किसे न पाया
तेरी कोई न समझे माया
तू ब्रह्माण्ड रचाया
माई मेरी आ गए……

तू है कुल दुनिया दी रानी
दाती कोई न तेरा सानी
माई मेरी आ गए……

दूरों-दूरों संगता आइयां
चढ़के उच्चियां लम्मियां चढ़ाइयां
सबदे दिलां च खुशियां छाइयां
माई मेरी आ गए……

माई हो गई आप दयाल
लाए सबनूं चरनां नाल
देवे हर संकट नूं टाल
माई मेरी आ गए……

भगतो जै-जैकार बुलाओ
भगतो जो चाहो सो पाओ
माई मेरी आ गए
आ गए—आ गए···

आ गए तेरे द्वारे
तेरे लाडले बचड़े प्यारे
मुओं लाण तेरे जैकारे
माई मेरी आ गए······

गीतकार : चंचल गायक : नरेन्द्र चंचल

ऐ 'फ़लक' मां की रहमतों के गुल,
सारी दुनिया को शाद करते हैं।
दाती उनकी जरूर सुनती है,
सच्चे दिल से जो याद करते हैं।

—हीरालाल 'फ़लक'

●

रख लाज—ढक परदे

रख लाज—ढक परदे
आए दातिए भिखारी दर दे
रख लाज—ढक परदे·······

दयावान तेरी दया दा है पार कोई ना
मेहरां वाली कानूं मेरे उत्ते मेहर होई ना
खाली दिल दा प्याला भर दे
रख लाज—ढक परदे········

बेड़ी जिन्दगी दी डोलदी किनारा कोई ना
दाती डुबदा मैं जावां ते सहारा कोई ना
फड़ बांह मेरी पार कर दे
रख लाज ढक पर दे........

मेरे करमां दी खोलीं न किताब रानिए
मेरे पापां दा गई हुरणां हिसाब रानिए
हथ मेहर दा सिर धर दे
रख—लाज ढक परदे.........

दर आयां दर-दर दी मैं खाक छाण के
भुल 'जोश' दी भुला दे भोला बाल जाण के
वर दे दुःख हर दे
रख लाज—ढक परदे........

आए दाती भिखारी दर दे
रख लाज—ढक परदे........

गीतकार : चमनलाल 'जोश' गायक : नरेन्द्र चंचल

प्रेम वाली गली विचों

प्रेम वाली गली विचों कोई-कोई लंगदा
ओ हो लंघै जेड़ा तेरे रंगा विच रंगदा
प्रेम वाली गली विचों........

लाजो दी लाज वचा लित्ती
करमो नाल करम कमाया सी
जद बन्नो ते विपदा आई

मां उसनूं आन बचाया सी
ध्यानूं दा विश्वास देख के
मुगलां शीश झुकाया सी
जूं-जूं उसदा बोलया ए हो
गली तेरी जो आया सी
प्रेम वाली गली विचों........

जो इना राहवां ते चलया
उसदा तू मान पधाया मां
हिरनाकश दा मान तोड़या
नरसिंह रूप विखाया मां
देख के भगती ध्यानूं लाल दी
कटया सीस मिलाया मां
सदके जावा श्रीधर जी दे
जिन्होंने तैनूं पाया मां
प्रेम वाली गली विचों ......

धन्ने न ध्यान लगा तेरा
जंगला दा साग खवाया सी
प्रेम वेख रसखान दा गिरधर
बालक रूप बनाया सी
नरसी दी जद हुण्डी तारी
सावंल शाह बन आया सी
जहर प्याला पींदया मीरा
सबनूं आख सुनाया सी
प्रेम वाली गली विचों........

वीर हकीकत झुकया नहीं
हंस-हंस के सिर कटवा लित्ता

धर्म लई गुरु तेग बहादुर
मौत नूं सीने ला लित्ता
नाल पसीने रविदास ने
चोला शुद्ध बना लित्ता
ईसा मसीह ने सूली चढ़ के
रहबर अपना पा लित्ता
प्रेम वाली गली विचों………

नाम देव ने नाम दी माला
बचपन विच पिरोई सी
ध्रुव जया त्यागी—प्रतापी
जग अन्दर न कोई सी
प्रेतां विचों प्रेम दीवानी
भीलणी पी ते होई सी
'दर्शी' जो रंग विच रंगी
आ ते माई लोई सी
प्रेम वाली गली विचों………

प्रेम वाली गली विच कोई-कोई लंगदा
प्रेम वाली गली विचों………

गीतकार : सुरिन्दर 'दर्शी' गयक : नरेन्द्र चंचल

मेरे घर आ माता

आ माता, आ माता
मेरे घर आ माता

मेरा तेरे बिन लगदा न जी
मेरे घर आ माता
मेरा कलयां नई लगदा जी
मेरे घर आ माता.........

कुट-कुट रोटियां मैं चूरियां बनानी आं
कुट-कुट रोटियां
कुट-कुट रोटियां मैं चूरियां बनानी आं
विच पावां मैं देसी घी
मेरे घर आ माता.........

जम्मू शहर दियां गऊ मां मंगानी आं
जम्मू शहर दियां
जम्मू शहर दियां गऊ मां मंगानी आं
मैं चौवां तू पी
मेरे घर आ माता.........

कोरे-कोरे कुंजयां में दही जमानी आं
कोरे-कोरे कुंजयां
कोरे-कोरे कुंजयां में दही जमानी आं
मैं रिड़कां तू पी
मेरे घर आ माता.........

जम्मू शहर तों मैं चूडियां मंगानी आं
जम्मू शहर तों
जम्मू शहर तों मैं चूड़ियां मंगानी आं
चोला वी रखया सी
मेरे घर आ माता.........

आ माता असी दुख-सुख फोलिएं

आ माता असी
आ माता असी दुख-सुख फोलिएं
खुश कर लइयें जी
मेरे घर आ माता
मेर तेरे बिना लगदा न जी
मेरा कलयां न लगदा जी
मेरे घर आ माता.......

गीतकार : अज्ञात

गायक : नरेन्द्र चंचल

जब भी गम में पुकारता हूं उसे,
पास मेरे जरूर होती है।
मां के जलवों से उस घड़ी साजन
रोशनी दूर-दूर होती हैं।

—साजन पेशावरी

खोल बूए मन्दरां दे

आए ने माये तेरे लाल, खोल बूए मन्दरां दे
आई पवन वाली चाल, खोल बूए मन्दरां दे
खोल बूए मन्दरां दे...
चांदी दी कोली विच ज्योत जगावां
चांदी दी कोली विच
चांदी दी कोली विच ज्योत जगावां
हो जा मात दयाल, खोल बूए मन्दरां दे
मन्दरां दे—मन्दरां दे

हत्थ करेबी, विच जलेबी
हत्थ करेबी
हत्थ करेबी, विच जलेबी
फुल्लां दा भरया ए थाल, खोल बूए मन्दरां दे
मन्दरां दे—मन्दरां दे

पान सुपारी, ध्वजा नरेला
पान सुपारी
पान सुपारी ध्वजा नरेला
भेंटा लियाए हां नाल, खोल बूए मन्दरां दे
मन्दरां दे—मन्दरां दे

केसर दा मत्थे तिलक लगावां
केसर दा मत्थे
केसर दा मत्थे तिलक लगावां
तक-तक होवां निहाल, खोल बूए मन्दरां दे
मन्दरां दे—मन्दरां दे

चन्दन चोकी ते आन विराजो
चन्दन चोकी ते
चन्दन चोकी ते आन विराजो
पुछो निमाणयां दे हाल, खोल बूए मन्दरां दे
मन्दरां दे—मन्दरां दे

संगतां आइयां चढ़ के चढ़ाइयां
संगता आइयां
संगता आइयां चढ़ के चढ़ाइयां
मां पूरे करो सवाल, खोल बूए मन्दरां दे
मन्दरां दे—मन्दरां दे

आ माइया, रल खेड़ियें होली
आ माइया
आ माइया रल खेड़ियें होली
रंग अबीर गुलाल, खोल बूए मन्दरां दे
मन्दरां दे--मन्दरां दे

ए बिनती 'दर्शी' दी मैय्या
ए बिनती
ए बिनती तेरे बचयां दी मैय्या
आण ए दिन हर साल, खोल बूए मन्दरां दे
आए ने माई तेरे लाल, खोल बूए मन्दरां दे
मन्दरां दे—मन्दरां दे

गीतकार : सुरिन्दर 'दर्शी' गातक : नरेन्द्र चंचल

साढे वेड़े आ तेरी मेहरबानी

राजरानी—राजरानी
साढे वेड़े आ तेरी मेहरबानी
राजरानी—राजरानी......

बार-बार ऐ विनती करिए
साढी झोली उम्मीदां भरिए
तैनूं मिलन दी रीझ बड़ी ए
कर आस पूरी, आ कल्याणी
राज रानी—राज रानी......

रख निश्चय जो दर ते आवे
होवे पत्थर जो पारस कहावे
हृदय च ममता नैनां च ज्योति
चरनी नृत्य करे गंगा रानी
राज रानी—राज रानी……

असां नैना दे दीप जलाए
असां पलकां दे फर्श बिछाए
तेरे जई मां वेखी नईं ए
दर-दर मैं वी ए ख़ाक छानी
राज रानी—राज रानी……

जे तू न आई जगदम्बे
मेरी होवेगी रुसवाई अम्बे
ओसदियां भांवे मैं सबनूं सुनावां
घर मेरे आणां मां कल्याणी
राज रानी—राज रानी……

गीतकार : सुरिन्दर 'दर्शी' गायक : नरेन्द्र चंचल

●

फुल्लां नूं न छेड़ मालने

पत्ते-पत्ते विच मैय्या जी दा डेरा
फुल्लां नूं न छेड़ मालने
हर कली विच दाती दा बसेरा
फुल्लां नूं न छेड़ मालने
छेड़ मालने, तू न छेड़ मालने……

मोतिए च माई देवा, गेन्दे विच शारदा
कलियां च काली वसे, गहे विच कालका
गुलाब विच गौरजां दा चेहरा
फुल्लां नूं न छेड़ मालने
छेड़ मालने, तू न छड़ मालने……

अम्बे च चौमुण्डा फुल्ला विच फुल्लां रासी ए
अनार विच अम्बे जिन्नूं कहंदे कल्याणी ए
मैंनूं गुन्द दे नी श्रद्धा वाला सेहरा
फुल्लां नूं छेड़ मालने
छेड़ मालने, तू न छेड़ मालने……

गंगा ओदे चरनां च करम दी वगदी
जोत है नूरानी, विच जल-थल जगदी
दूर कीता जिनें जग दा हनेरा
फुल्लां नूं न छेड़ मालने
छेड़ मालने, तू न छेड़ मालने……

गीतकार : अज्ञात गायक : नरेन्द्र चंचल

मैय्या तेरी लाडली जगाए ज्योती

ओ मैय्या तेरी लाडली जगाए ज्योती
प्रेम प्रीत के दामन में मां
भर लाई है मोती
ओ मैय्या तेरी……

पावन मन से करती है पूजा
पावन मन से
पावन मन से करती है पूजा
असुंवन से पग धोती
ओ मैय्या तेरी……

मूरत हो गई देख के मूरत
मूरत हो गई
मूरत हो गई देख के मूरत
न हंसती न रोती
ओ मैय्या तेरी……

तर जाता है भव से प्राणी
तर जाता है
तर जाता है भव से प्राणी
जिस पर कृपा होती
ओ मैय्या तेरी……

मुझपे करम कमा दो दाती
मुझपे करम
मुझपे करम कमा दो दाती
जागे किस्मत सोती
ओ मैय्या तेरी……

गीतकार : प्रकाश   गायिका : जसविन्दर नरूला

तुझे ढूढूं आज कहां

ओ मां, ओ मां
तुझे ढूढूं आज कहां
पर्वत-पर्वत ढूढ़ा मैंने
मिलता नहीं निशां
ओ मां, ओ मां……

तूने मुझको जन्म दिया मां
मैं तेरी सन्तान हूं
तू तो है मां बख्शन हारी
मैं बेटी नादान हूं
मेरी खुशियों की दुनिया मां
हो गई आज वीरां
ओ मां, ओ मां……

भर के लाई हूं दामन में
आशाओं के फूल मां
फूलों के बदले में मुझको
दे चरणों की धूल मां
तेरा ही बस नाम उचारे
मेरी आज जुबां
ओ मां, ओ मां……

नैनों में है ज्योति तुम्हारी
हृदय में तसवीर है
मेरे हिस्से में दे दी मां
असुंवन की जागीर है

तू रूठी तो किस्मत रूठी
रूठा आज जहां
ओ मां, ओ मां……

होठों पे हैं नाम तुम्हारा
दिल मैं तेरी याद मां
पता नहीं कब सुन पाओगी
मेरी ये फरियाद मां
दिल ही दिल में रह जाएगा
दिल का ये अरमां
ओ मां, ओ मां……

गीतकार : प्रकाश गायिका : जसविन्दर नरूला

'फ़लक' दाती के सेवक रहमतों का जाम लेते हैं।
वो भव सागर से तरते हैं जो दामन थाम लेते हैं॥
जहां में एक दो क्या सैकड़ों इनसान हैं लेकिन।
मुक़द्दर जिनका अच्छा है वो मां का नाम लेते हैं॥

—हीरालाल 'फलक'

मेरे कण्ठ बसो महारानी

मेरे कण्ठ बसो महारानी
मेहर करो, अब अपना स्वर दो
गाऊं मैं तेरी बानी
मेरे कण्ठ बसो……

जीवन का संगीत तुम्हीं हो
आशाओं का दीप तुम्हीं हो
शब्द-सुधा से दामन भर दो
मैं याचक तू दानी
मेरे कण्ठ बसो……

लय और ताल का ज्ञान भी दे दो
स्वर सरगम और तान भी दे दो
मेरे सीस पे हाथ धरो मां
सरस्वती कल्यानी
मेरे कण्ठ बसो……

गीतकार : प्रकाश गायिका : जसविन्दर नरूला

ये है दाती का दरबार

जय-जय मां, जय-जय मां
जय-जय मां, जय-जय मां
ये है दाती का दरबार
यहां पर झुकता है संसार
यही तो है सच्ची सरकार
जय-जय मां……

कई बार के तप करने से
सौ बार के जप करने से
दर्शन हो इक बार
जय-जय मां……

मां के दर पर सिर धरने से
एक बार दर्शन करने से
कटते पाप हज़ार
जय-जय मां……

सफल होगी तेरी ज़िन्दगानी
दया करेगी मात भवानी
दिल से करो पुकार
जय-जय मां……

गीतकार : करतारसिंह 'गुलशन' गायिका : जसविन्दर नरूला

करके जतन कोई आजा

करके जतन कोई आजा भगता
ज़िन्दगी को सफल बना जा भगता
आजा भगता, आजा भगता
मां को फरियाद सुना जा भगता
करके जतन कोई आजा……

ऊंचे-ऊंचे जंगले-बंगले
प्यारे छोड़ यहां सब जाएं
कोई आए, कोई जाए
हमको वेद यही फरमाएं
मां के सच्चे प्यार में समा जा भगता
ज़िन्दगी को सफल बना जा भगता
आजा भगता, आजा भगता
करके जतन कोई आजा……

मीठे-मीठे स्वर में गा कर
प्यारे मां को आज रिझाले
हो गईं आप दयाल जो दाती
मुंह मांगा तब तू फल पा ले
सीस तू दर पे झुका जा भगता
ज़िन्दगी को सफल बना जा भगता
आजा भगता, आजा भगता
करके ज़तन कोई आजा·····

तेरे आंसू जो निकलेंगे
शायद बन जाएंगे मोती
तेरा जीवन कर दे रोशन
प्यारे अम्बे मां की ज्योती
आंसू दो प्यार के बहा जा भगता
ज़िन्दगी को सफल बना जा भगता
आजा भगता, आजा भगता
करके जतन कोई आजा······

नाचें-गाएं और मुसकाएं
प्यारे मां के ये दीवाने
मां की ज्योती पर ये कैसे
जल जाते हैं परवाने
भेंट तन-मन की चढ़ा जा भगता
ज़िन्दगी को सफल बना जा भगता
आजा भगता, आजा भगता
करके जतन कोई आजा······

गीतकार : प्रकाश ● गायिका : जसविन्दर नरूला

सच्चा है दरबार शेरां वाली का

सच्चा है दरबार शेरां वाली का
तू बन जा सेवादार शेरां वाली का
सच्चा है दरबार......

मां बख़्श रही भण्डारे
है बैठ गुफा के अन्दर
न महिमा बरनी जाए
ऐसा है सुन्दर मन्दर
ऐसा है सुन्दर मन्दर मेहरां वाली का
तू बन जा सेवादार शेरां वाली का
सच्चा है दरबार......

ये जगदम्बे महारानी
बख़्शे कई अवगुण हारे
मां रूप निराला धारे
और पापी दुष्ट संहारे
पापी दुष्ट संहारे रूप धर काली का
तू बन जा सेवादार शेरां वाली का
सच्चा है दरबार......

दुखियों के दुःख ये हरती
जो आ के सिर को झुकाए
निश्चय जिनके है मन में
दीदार वही तो पाए
दीदार वही तो पाए भवनां वाली का
तू बन जा सेवादार शेरां वाली का
सच्चा है दरबार......

इस महामाया की माया
कोई भी समझ न पाया
कोई माने या न माने
'निर्बल' ने भेद बताया
'निर्बल' ने भेद बताया कथा निराली का
तू बन जा सेवादार शेरां वाली का
सच्चा है दरबार……

गीतकार : करतारचंद 'निर्बल' गायिका : जसविन्दर नरूला

मूर्ती को झुका के सर 'साजन'
मां के चरणों को थाम लेते हैं।
पार होते हैं इस जगत से वही,
दिल से मां का जो नाम लेते हैं।
—साजन पेशावरी

जदों पोह दियां ठंडियां हवावां चलियां

जदों पोह दियां ठंडियां हवावां चलियां
बचयां नूं चिट्ठियां मैय्या ने घलियां
जदों पोह दियां ठंडियां……

जागी ममता ते दिलां च उबाल आ गए
याद अम्बड़ी नूं मिठड़े बाल आ गए
फिर मां कोलों मैय्या ना जुदाइयां झलियां
बच्चयां नूं चिट्ठयां मैय्यां ने घलियां
जदों पोह दियां ठंडियां……

जिन्हां मुको जाई पैण्डा ओहनी तांघ वध गई
प्यास जनमां तो प्यासी रूह दे वांघ वध गई
होइयां पूरियां जो दिलां च आसां पलियां
बच्चयां नूं चिट्ठियां मैय्या ने घलियां
जदों पोह दियां ठंडियां......

चरण पादुका दे वेहड़े च दुलारे आ गए
आदि कुंवारी दियां अखियां दे तारे आ गए
लाल झंडियां दे नाल होइयां लाल गलियां
बच्चयां नूं चिट्ठयां मैय्या ने घलियां
जदों पोह दियां ठंडियां......

जग जननी दा जदों दरबार आ गया
थके हारे होये दिलां नूं क़रार आ गया
सच्ची मां दियां बच्चयां दहलीजां मलियां
बच्चयां नूं चिट्ठियां मैय्या ने घलियां
जदों पोह दियां ठंडियां......

शोभा-शोभा तों न्यारी मेरी शेरां वाली दी
छवि प्यार तो प्यारी मेरो मेहरां वाली दी
'अतुल' गले च हार गोदी फुल कलियां
बच्चयां नूं चिट्ठियां मैय्या ने घलियां
जदों पोह दियां ठंडियां......

गीतकार : अतुल गौतम   गायक : नरेन्द्र चंचल

ऐ 'फलक' मां की गुफा क्या है,
एक आकाश की विभूती है।
मां की सेवा में जाने वालों के,
बाण गंगा भी पांव छूती है ।। —हीरालाल 'फलक'

इक तू होवें इक मैं होवां

तेरा सोहणां मां दरबार होवे
इक तू होवें, इक मैं होंवां
तेरे गल्ल फुल्लां दा हार होवे
इक तूं होवें……

मेरे मन अन्दर तेरा घर होवे
तेरा दर होवे मेरा सर होवे
जद भेंट मेरी स्वीकार होवे
इक तू होवें……

तू पीला शेर सजावें मां
पवन-स्वरूपा आंवें मां
तेरी हुन्दी जै-जैकार होवे
इक तू होवें……

तेरा भवन रंगीला देखां मां
कंजकां दी लीला देखां मां
जद वी तेरा दीदार होवे
इक तू होवें……

तेरे आंचल दी मां छां होवे
तेरी गोदी च मेरी थां होवे
तक़रार होवे, कदे प्यार होवे
इक तू होवें……

तैनूं नैनां विच बिठा लां मां
तैनूं हृदय विच वसा लां मां

जद सपना ऐ साकार होवे......
इक तू होवें......

मैं मंगन लगयां संगा ना
पर लोड़ तो ज्यादा मंगा ना
जद ऐसा मेरा विचार होवे
इक तू होवें......

तू सब दियां झोलियां भर देवें
तू सब ते मेहरां कर देवें
जब 'दर्शी' नाल इक़रार होवे
इक तू होवें......

गीतकार : सुरिन्दर 'दर्शी' गायक : नरेन्द्र चंचल

सच तो ये है ज़रूर पीता हूं ।
हो के भक्ति में चूर पीता हूं ।।
मां के चरणों में बैठ के 'साजन',
रोज़ दर्शन का नूर पीता हूं ।।
—साजन पेशावरी

सानूं माता ने चिट्ठियां पाइयां

चलो चलिए, गुलाबी रुतां आइयां
सैनूं माता ने चिट्ठियां पाइयां
सानूं माता ने......

मां मेरी दे खेल नियारे
स्वर्गों सोणों मां दे द्वारे

झण्डे झूलण खड़कण टल्लियां
संगता दे नाल संगता रलियां
लम्बा पैण्डा ते उच्चियां चढ़ाइयां
सानूं माता ने……

सिर ते चुन्नियां सूहे बाने
बन के टुर पये मां दे दीवाने
इक दूजे तों प्यार लुटां दे
जै माता दी करदे जांदे
लाल चेहरयां ते लालियां छाइयां
सानूं माता ने……

नच-नच सारे मां नू मनाइये
मां भोली दे सदके जाइए
करमा वालियां मां दिया राहवां
होवन सब दियां दूर बलावां
अज सबना ने खुशियां मनाइयां
सानूं माता ने……

मिल जाए जे कंजक भोली
उच्चा-नीवां ना तू बोलीं
मैय्या दरस दिखा सकदी ए
कंजक रूप च आ सकदी ए
गल्लां कइयां ने ऐ परताइयां
सानूं माता ने……

बैठी माई खोल भण्डारे
मेहरां दे पई छिट्टे मारे

'दर्शी' सब दे काज संवारे
जिसने इक नई लक्खां तारे
ऐथे झोलियां सबने फैलाइयां
सानूं माता ने चिट्ठियां पाइयां

गीतकार : सुरिन्दर 'दर्शी' गायक : नरेन्द्र चंचल

गुल से महकी हुई हवाओं में ।
गुलसितां की हरी फिज़ाओं में ।।
मां ने मन्दिर बना लिया 'साजन',
अपना कश्मीर की गुफाओं में ।।

—साजन पेशावरी

मन्दर तेरे मैं आवां

मेरा दिल ऐ करदा मन्दर तेरे मैं आवां
आके दिल दा मैं हाल सुनावां
मन्दर तेरे मैं आवां......

मुद्दत हो गई आसां लाइयां
होई ना सुनवाई
इक दीदार दी ख़ातिर अज मैं
तेरे अलख जगाई
तेरे चरणां दी धूल मैं लै मत्थे ते लावां
मन्दर तेरे मैं आवां......

कर मन्ज़ूर मेरी मां अरज़ी
अज दे दरस दिखाओ

बख़्शो मेरे औगुण दाती
हुण ते करम कमाओ
जे तू बख़श देवें अजदाती फेर जनम ना पावां
मन्दर तेरे मैं आवां……

सुन दाती धीयां कोलों
कदे ना रूसन मावां
तेरे बिन मैं कुज नहीं दाती
किन्नूं जा सुणावां
'मीनू' दे घर आ दाती मैं सोहणियां भेण्टा गावां
मन्दर तेरे मैं आवां……

की भरोसा सां दा दाती
आवे के ना आवे
'निर्बल' ऐ फिर मानस देही
पावे के ना पावे
छड के द्वारा दाती होर मैं कित्थे जावां
मन्दर तेरे मैं आवां……

मेरा दिल ऐ करदा, मन्दर तेरे मैं आवां
आके दिल दा मैं हाल सुनावां
मन्दर तेरे मैं आवां……

गीतकार : करतार चंद 'निर्बल' गायिका : मीनू चढ्ढा

चांद तारों में उसका नूर सही,
मैं नज़र में बसा के रखता हूं ।
मां के सुमरण के वास्ते 'साजन'
मन का मन्दिर सजा के रखता हूं ॥
—साजन पेशावरी

आ के ना जाए खाली

आ के ना जाए ख़ाली कोई द्वार से
जो मांगे सो पाए दाती भगत तेरे भण्डार से
आ के ना जाए खाली······

तू ही तू है दाती बाकी दुनिया भिखारी
दामन फैला के दर से मांगे दुनिया सारी
सबकी हों मुरादें पूरी मैय्या के द्वार से
आ के ना जाए खाली······

ख़ुशियों का ज़िन्दगी में होगा उजियारा भी
एक बार ले के देखो नाम का सहारा भी
सबको ही बचाए नाम ये अन्धकार से
आ के ना जाए खाली······

गर तकलीफ़ कोई भगतों पे आएगी
तू ही शेरां वाली ख़ुद उनको बचाएगी
फिर काहे घबराना दुःखों की भरमार से
आ के ना जाए खाली······

एक बार भगती में मन को लगाए जो
सोए हुए भाग सब अपने जगाए वो
सब गाओ भगतो भेटें मां की प्यार से
आ के ना जाए खाली······

गीतकार : हरबंस सिंह गायिका : जसविन्दर नरूला

नाम शेरां वाली दा तू रट-रट-रट

नाम शेरां वाली दा तू रट-रट-रट
चक्कर चौरासी वाला जावे तेरा कट
नाम शेरां वाली दा......

नाम वाले रंग विच
चोला जेड़े रंग विच
दाती कोलों दीद बिना
कुम्भ वी नई मंगदे
सोचना ए की, नाम जप झट-पट
चक्कर चौरासी वाला जावे तेरा कट
नाम शेरां वाली दा......

मिश्री तों मिट्ठा नां
मैय्या दा है प्यारे
ऐहियो नाम कट देवे
दुःख तेरे सारे
सुत्ती तकदीर तेरी देवेगा पलट
चक्कर चौरासी वाला जावे तेरा कट
नाम शेरां वाली दा......

जय माता दी बोल के
तू वेख इक बार
इस नाम विच शेरां
वाली दा है प्यार
मन ऐ बुराइयां वल्लों जावे तेरा हट
चक्कर चौरासी वाला जावे तेरा कट
नाम शेरां वाली दा......

जिन्हां ऐदे नाम वाली
पाई गल माला
आप सहाई हुन्दी
मात ज्वाला
'निर्बल' ने जपया मान भन्ने झट
चक्कर चौरासी वाला जावे तेरा कट
नाम शेरां वाली दा······

गीतकार : करतारचन्द्र 'निर्बल' गायिका : मीनू चड्ढा

मां की रहमत के साये में 'साजन',
एक लम्हा गुजार कर देखो।
जिन्दगी में बहार आएगी,
मां को दिल से पुकार कर देखो॥

—साजन पेशावरी

दर माई दा प्यारा लगदा

प्यारा लगदा, प्यारा लगदा
दर माई दा प्यारा लगदा
प्यारा लगदा······

ऐत्थे खुले ने दरशन—जै जै मां
ब्रह्मा जी पूजन—जै जै मां
शंकर जी पूजन—जै जै मां
विष्णू जी पूजन—जै जै मां

जै जै मां, जै जै मां
दर माई दा प्यारा लगदा
प्यारा लगदा······

मैय्या दा है रूप निराला
दर्शन पावे करमां वाला
जग जननी, भण्डारे भरनी
साढे भरे भण्डारे—जै जै मां
सुन भगत प्यारे—जै जै मां
बोलो सब जैकारे—जै जै मां
मैय्या कष्ट नवारे—जै जै मां
दर माई दा प्यारा लगदा
प्यारा लगदा······

जेड़े मां दी जोत जगांदे
जो वर मंगदे सो वर पांदे
जोत जगदी बड़ी प्यारी लगदी
ज्योत ज्वाला—जै जै मां
ऐदी फेर लै माला—जै जै मां
एदा खेल निराला—जै जै मां
दर माई दा प्यारा लगदा
प्यारा लगदा······

दर माई दे शीश झुका लै
फिर बस तू तकदीर बना लै
मेहरां करदी मां झोली भरदी
ओ शेरां वाली—जै जै मां
दर आन सवाली—जै जै मां
ओ जान न खाली—जै जै मां
एदी शान निराली—जै जै मां

दर माई दा प्यारा लगदा
प्यारा लगदा……

गीतकार : अज्ञात गायिका : मीनू चड्ढा

●

इक वारी आजा

इक वारी आजा मैय्या इक वारी आजा
दरस दिखा जा मैय्या इक वारी आजा
इक वारी आजा……

आजा शेरां वाली मैय्या
डगमग डोले जीवन नैय्या
इस नैय्या दी बनके खवैय्या नैय्या पार लगा जा
इक वारी आजा……

जोत जगाके तेरी दाती
भजन करां मैं दिन ते राती
बुझ ना जावे जीवन बाती आ के दरस दिखा जा
इक वारी आजा……

'मीनू' मलया तेरा द्वारा
दाती मंगया तेरा द्वारा
नाम तेरा है वड़ा प्यारा, आ के बिगड़ी बना जा
इक वारी आजा……

जग जननी जगदम्बे माई
झोली दर ते आन बिछाई
'निर्बल' दी मां कर सुनवाई, सुत्ते भाग जगा जा
इक वारी आ जा……

गीतकार : करतारचन्द 'निर्बल' गायिका : मीनू चड्ढा

गुफा दे अन्दर जोत जगदी

मैय्या दे मन्दर, गुफा दे अन्दर
जोत जगदी
गंगा प्यार दी, चरणां बिच
है पई वगदी
मैय्या दे मन्दर……

भगत आन्दे ने
भगत आन्दे ने दूरों-दूरों चल के
बै जांदे ने सरदल मल के
मैय्या दे मन्दर……

मैय्या बैठी ए
मैय्या बैठो ए खोल के भण्डार।
पये मंगदे ने भगत सहारा
मैय्या दे मन्दर……

रूप वैष्णो है
रूप वैष्णो है मैय्या जवाल दा
ऐ ज्योती है रूप मैय्या काल का
मैय्या दे मन्दर……

अज 'मोनू' ने
अज 'मीनू' ने मैय्या ने मना लया
'निर्बल' ने वी पलड़ा बिछा लया
मैय्या दे मन्दर……

गीतकार : करतारचंद 'निर्बल' ● गायिका : मीनू चढ्ढा

ओ शेरां वाली जगदम्बे

जब भी सुमरो मदद को आवे
ओ शेरां वाली जगदम्बे
बेड़ा भक्तों का पार लगावे
ओ शेरां वाली जगदम्बे
जब भी सुमरो......

मन में प्रेम हिण्डोला झूले
धन दौलत संसार को भूले
जिसे अपनी झलक दिखलावे
ओ शेरां वाली जगदम्बे
जब भी सुमरो......

दिन को बने सूरज महारानी
रात को इक चंदा नूरानी
उजियाला सदा फैलावे
ओ शेरां वाली जगदम्बे
जब भी सुमरो......

जीवन बन कर तन में बसी है
दो नैनों का नूर बनी है
कहीं दूर न हमसे जावे
ओ शेरां वाली जगदम्बे
जब सुमरो......

अंधियारा हृदय का मिटाकर
मन में अपनी जोत जगाकर
अपने भक्तों को सुख पहुंचावे

ओ शेरां वाली जगदम्बे
जब भी सुमरो……

दिल से सदा आती रहती है
पाप करो मत मां कहती है
दिन रात हमें समझावे
ओ शेरां वाली जगदम्बे
जब भी सुमरो……

संतों की विपदा पहचाने
दौड़ी आए भाग जगाने
नहीं मन से कभी बिसरावे
ओ शेरां वाली जगदम्बे
जब भी सुमरो……

जो भी 'फलक' दर पर आता है
मन चाहा वो फल पाता है
नहीं पापी को भी ठुकरावे
ओ शेरां वाली जगदम्बे
जब भी सुमरो……

गीतकार : हीरालाल 'फलक' गायक : शंकर शंभू

माई मेरी झूलेगी

खोलो-खोलो हृदय के द्वार
माई मेरी झूलेगी

मन देखेगा रूप अपार
माई मेरी झूलेगी
झूलेगी-झूलेगी……

जीवन की बगिया को सजा लो।
प्रेम का इसमें झूला डालो
गाओ-गाओ राग मल्हार
माई मेरी झूलेगी
झूलेगी-झूलेगी……

इस काया के रूप अजब हैं
ब्रह्मा-विष्णु-शंकर सब हैं
वो भी जाएंगे सब बलिहार
माई मेरी झूलेगी
झूलेगी-झूलेगी……

झोंटे देगी मन की आशा
मिट जाएगी सब अभिलाषा
कर दे भक्तों का बेड़ा पार
माई मेरी झूलेगी
झूलेगी-झूलेगी……

लहराएगी मां की चुनरिया
चमकेगी अम्बर पे बिजुरिया
होगा सारा चकित संसार
माई मेरी झूलेगी
झूलेगी-झूलेगी……

सूरज क्या सम्मुख आएगा
चांद गगन में छुप जाएगा

शरमाएगा रूप निहार
माई मेरी झूलेगी
झूलेगी-झूलेगी……

झूलेगी जब गगन कुमारी
महकेगी जग की फुलवारी
सब बोलेंगे जै-जैकार
माई मेरी झूलेगी
झूलेगी-झूलेगी……

'फलक' तू मां की महिमा गा ले
जगदम्बे से ध्यान लगा ले
होगा क्षण में उद्धार
माई मेरी झूलेगी
झूलेगी-झूलेगी……

गीतकार : हीरालाल 'फलक' गायक : शंकर शंभू

चुनरिया लहर-लहर लहराए

जैसे पवन झकोले खाए
चुनरिया लहर-लहर लहराए
चुनरिया लहर-लहर……

जब असुरों से युद्ध में देखा
मां का शीश उघारी
करने लगे सब देवी-देवता
चुनरी की तैय्यारी

बुन कर चांद की किरणें लाए
चुनरिया लहर-लहर लहराए
चुनरिया लहर-लहर……

विष्णू जी ने गगन धनक से
सारे रंग निकाले
रंग वही सारे लक्ष्मी ने
गंगाजल में डाले
ब्रह्मा चुनरी रंगने आए
चुनरिया लहर-लहर लहराए
चुनरिया लहर-लहर……

नीलकण्ठ कैलासपति ने
डाली नीली धारी
बूटे गनपत जी ने बनाए
गौरां ने फुलवारी
इक-इक रंग ने रंग दिखाए
चुनरिया लहर-लहर लहराए
चुनरिया लहर-लहर……

इन्द्र ने सच्चा गोटा टांका
इन्द्राणी ने तारे
किन्नर और गंधर्व ने छोड़े
खुशबू के फव्वारे
जिसने चौदह भवन महकाए
चुनरिया लहर-लहर लहराए
चुनरिया लहर-लहर ……

सूर्य के रथ पर मां को बिठाकर
सर पर चुनरी डाली
कोई देवता शंख बजाए
कोई झांझ, कोई ताली
मैय्या सबने तेरे गुण गाए
चुनरिया लहर-लहर लहराए
चुनरिया लहर-लहर……

नील गगन अचरज से देखे
धरती रूप निहारे
तीन लोक और चौदह भवन में
तेरे जैजैकारे
तेरी शोभा न वरनी जाए
चुनरिया लहर-लहर लहराए
चुनरिया लहर-लहर……

शंख-चक्र और गदा कंवल कर
लिए सुरा का प्याला
चन्द्र-कण्ठ-यश्वनि सुगंधा
देवी रूप निराला
तुझ पर फूल 'फलक' बरसाए
चुनरिया लहर-लहर लहराए
चुनरिया लहर-लहर……

गीतकार : हीरालाल 'फलक' गायक : शंकर शंभू

जागो रे भक्तो, जागी है ज्वाला माई

जागो रे भक्तो, जागी है ज्वाला माई
जागी है ज्वाला माई, जागी है ज्वाला माई
जागो रे भक्तो……

नगर कोट में हुआ सवेरा,
पर्वत सूरज चमका
घोर गुफा में वैष्णो मां का
सुन्दर मुखड़ा दमका
किरणें हैं आकाश में फैलीं, पवन चली पुरवाई
जागी है ज्वाला माई, जागी है ज्वाला माई
जागो रे भक्तो……

नन्दी गण पर बैठ के शंकर
गौरा के संग आए
गणपतिजो चूहे पर शोभित
फूल गगन के लाए
सम्मुख जब गणपति को देखा, मां ने छवि दरशाई
जागी है ज्वाला माई, जागी है ज्वाला माई
जागो रे भक्तो……

उड़े क्षीर सागर से गरुड़ जी
आए मां के द्वारे
जग माता लक्ष्मी को लेकर
विष्णू आन पधारे
देखा जब ब्रह्माण्ड पति को, फिर ज्योति लहराई
जागी है ज्वाला माई, जागी है ज्वाला माई
जागो रे भक्तो……

हंस पे ब्रह्मा आए देखने
ज्योति का उजियाला
फूल लिए हाथों में कमल के
और रत्नों की माला
दाती को हृदय में बसाया, मुख से महिमा गाई
जागी है ज्वाला माई, जागी है ज्वाला माई
जागो रे भक्तो……

पवन पुत्र हनुमान जी आए
माता के गुण गाते
नैनों में ज्योति को बसाए
राम ध्वजा लहराते
हित-चित से मां के गुण गाए और खड़ताल बजाई
जागी है ज्वाला माई, जागी है ज्वाला माई
जागो रे भक्तो……

इन्द्र और इन्द्राणी दोनों
अम्बे को मन धारे
ऐरावत पर चढ़ कर आए
करते जय-जयकारे
शीश झुकाया बड़े प्रेम से और झोली फैलाई
जागी है ज्वाला माई, जागी है ज्वाला माई
जागो रे भक्तो……

जागो भगतो, तुम भी जागो
निद्रा दूर हटाओ
'फलक' कहे मां के दर्शन से
जीवन सफल बनाओ

जिसने भी सुमरा दुर्गे को, मन में आन समाई
जागी है ज्वाला माई, जागी है ज्वाला माई
जागो रे भक्तो……

गीतकार : हीरालाल 'फलक' गायक : शंकर शंभू

●

मेरी मां से मुलाकात हो जाएगी

काल आता है तो उसको आने भी दो
जो भी होनी है वो बात हो जाएगी
स्वर्ग की ओर जाएगी जब आत्मा
मेरी मां से मुलाकात हो जाएगी
मेरी मां से मुलाकात……

मोह माया जगत की सभी छोड़ दूं
ये ही बेहतर है उसके भवन को चलूं
रोशनी बन के आएगी माता मेरी
रास्ते में अगर रात हो जाएगी
मेरी मां से मुलाकात……

ढोल ब्रह्मा बजाएंगे खड़ताल शिव
शंख फूंकेंगे विष्णु जी और लक्ष्मी
शेर पे सजके माता चलेगी अगर
साथ संतों की बारात हो जाएगी
मेरी मां से मुलाकात……

काम भक्तों के संकट में आ तो सही
तुझपे कुरबान कर देंगे जीवन सभी
हमको कांटों से माता बचा तो सही

तुझपे फूलों की बरसात हो जाएगी
मेरी मां से मुलाकात……

ध्यान रखना न माया मुझे लूट ले
तेरे सेवक 'फ़लक' की ये अरदास है
बात तेरी जगत में रहेगी कहां
जीत हो कर अगर मात हो जाएगी
मेरी मां से मुलाकात……

गीतकार: हीरालाल 'फलक' गायक: अशोक शर्मा

मैंनूं आखो जी मैय्या दा फ़कीर

मैंनूं आखो जी मैय्या दा फ़कीर
मेरी दाती है पीरां दी वी पीर
मैंनू आखो जी……

दाती दे पुजारियां दे
पैरां दा पुजारी मैं
मैय्या दे भिखारियां दी
भीख दा भिखारी मैं
मेरे नैना दे विच वसे मइया दी तसवीर
मेरी दाती है पीरां दी वी पीर
मैंनूं आखो जी……

केसरी है चोला गल
सिर सूआ बाना है

नाम वाली माला गल
दर ओहदे जाना है
सच्ची मां दा द्वार मेरी मंज़िल अखीर
मेरी दाती है पीरां दी वी पीर
मैंनू आखो जी……

मन दे मन्दर विच ओहदी
जोत मैं जगाई ए
नैना विच नैना देवी
मात मैं बसाई ए
धूल ओहदे चरण दी बनी मेरी तक़दीर
मेरी दाती है पीरां दी वी पीर
मैंनू आखो जी……

अन्त समय सामने मेरे
होवे रूप भवानी दा
बुल्लां उत्ते होवे मेरे
नाम वैष्णों रानो दा
मेरे मुंह दे विच होवे बाण गंगा दा नीर
मेरी दाती है पीरां दी वी पीर
मैंनू आखो जी……

गीतकार : अज्ञात गायक : नरेन्द्र चंचल

मां को भक्तों के वास्ते 'साजन',
खास रहमत से काम लेती है।
जो भी चरणों का दास बनता है,
उसको दर्शन ज़रूर देती है ।।

—साजन पेशावरी

चल भगता, तेरी वारी म्राई

चल भगता, तेरी वारी आई
उठ भगता, तेरी वारी आई
भागां भरया दिन ऐ आया
अज मैय्या ने आप बुलाया
दर्शन दी रुत प्यारी आई
चल भगता……

जेड़ा आवे करमा वाला
मां दा वेखे रूप निराला
पौड़ी-पौड़ी चढ़दा जावे
जै माता दी करदा जावे
नैनां विच खुमारी आई
चल भगता……

बचड़े टुर पए बण के टोले
हर कोई जै माता दी बोले
हर कोई मां दियां भेंटा गावे
हर कोई मां दा दर्शन चावे
हर इक नर ते नारी आई
चल भगता……

विच गुफ़ा दे पिण्डी रानी
जग जननी अम्बे वरदानी
सब दे उत्ते मेहरा करदी
सब दी खाली भोली भरदी
मैय्या आदि कंवारी आई
चल भगता……

भगता झोली भर के लै जा
जो लैणा ई झड़ के लै जा
मैय्या दे नाल लड़ के लैजा
मां दा पल्ला फड़ के लै जा
खुल्ले ने मैय्या दे द्वारे
खोल के बैठी मां भण्डारे
करके शेर सवारो आई
चल भगता……

गीतकार : अज्ञात गायक : नरेन्द्र चंचल

मां नाल गल्लां करियें

मां नाल गल्ला करियें
सानूं सदयां बड़ा चिर होया, सबनूं बुलान वालिए
मां नाल गल्ला करियें……

विच ग़मां दे फंस गई जिन्दगी
किसनूं हाल सुनावां मैय्या
पुत्त-कपुत्त सुनीन्दे दाती
मावां ठंडियां छावां मैय्या
मैं पापी जन्मा दा मैय्या
किस विध तैनूं पावां
दर-दर भटका हे जगदम्बे
थां-थां ठोकर खावां

आई याद तेरी, मैं बड़ा रोया, जग नूं हसान वालिए
मां नाल गल्लां करियें……

तू करमा दी रानी दाती
सुत्ते भाग जगाएं
टुट होए जोड़ दयें दिल
बिछड़े आन मिलाएं
भुल्ले-भटके पापियां नूं मां
सिधे रस्ते पाएं
तू चाहें तां अटके बेड़े
पल विच पार लगाएं
दाग दुखां वाला, किसे वी न धोया, सबनूं बचान वालिए
मां नाल गल्लां करियें……

मैं दर्शन दा प्यासा दाती
मेरी प्यास बुझाओ
इस 'चंचल' नूं शेरां वाली
आ के दरस दिखाओ
आस दी डोरी टुट न जाए
आशा रानी आओ
हे जगदम्बे, हे मां अम्बे
आओ करम कमाओ
तेरा करम क्यों मेरे ते न होया, करमा कमान वालिए
मां नाल गल्लां करियें……

गीतकार : चंचल गायक : नरेन्द्र चंचल

मां ये आंचल जर्री की चुनरी का,
उसकी नज़रों में लहलहाया है।
मां का जिसपे करम हुआ 'साजन',
खुल के दर्शन उसी ने पाया है।।

—साजन पेशावरी

तेरे दर दरवज्जे भल्ले नी

तेरे दर दरवज्जे भल्ले नी, मां शेरां वाली
तू आप सुनेहड़े घल्ले नी, मां मेहरां वाली
तेरे दर दरवज्जे......

सदरां अधूरियां, प्यासे अरमां ने
यादां वाले दिल विच उठदे तूफां ने
हुण जांदे नइयों थल्ले नी, मां शेरां वाली
तेरे दर दरवज्जे......

मिट्ठी-मिट्ठी रुत देख दिल ललचा गया
दर्शन दी आस लै के दर तेरे आ गया
जै बोलां गल्ले-गल्ले नी, मां मेहरां वाली
तेरे दर दरवज्जे......

होर कित्ते ऐसा मैं नज़ारा नई यो वेखया
तेरे जया कोई वी दुबारा नई यों वेखया
गंगा है चरणां तल्ले नी, मां शेरां वाली
तेरे दर दरवज्जे......

नैनां विच नूर तेरा हृदय विच वास मां
चरणां दे विच मेरी ऐ हो अरदास मां
भर आसां वाले पल्ले नी, मां मेहरां वाली
तेरे दर दरवज्जे······

कर मां दी रेख विच मेख तूहियों मारदी
'दर्शी' भिखारी, तू है दाती संसार दी
तेरा हुक्म हर इक ते चल्ले नी, मां शेरां वाली
तेरे दर दरवज्जे······

गीतकार : सुरिन्दर 'दर्शी' गायक : नरेन्द्र चंचल

●

मैय्या जी अस्सी नौकर तेरे

मैय्या जी अस्सी नौकर तेरे
सेवा तेरी च खड़ा रहां मैं शाम सवेरे
मैय्या जी अस्सी नौकर तेरे······

दोवें हत्थ बन्न तेरे पैरां च खलो रहवां
दुनिया नूं छड मैय्या तेरा ही मैं हो रहवां
जद दी नौकरी कीती तेरी भाग जाग पये मेरे
मैय्या जी अस्सी नौकर तेरे······

भवन दे बेड़े तेरे देवां मैं बुहारियां
पलकां नाल चुम्मां पोड़ियां प्यारियां
सेवक नूं तू सेवा बख्शी, मां पावां फेरे
मैय्या जी अस्सी नौकर तेरे······

इक पल वी न परे तेरे कोलों होवां मैं
दाती प्रभाती तेरे चरणां नू धोवां मैं
तेरह करां श्रृंगार, करां मैं तेरी जै-जै कार, लैके फुल्लांदे सेहरे
मैय्या जी अस्सी नौकर तेरे……

हर वेले, हर थां ते गुण तेरे गावां मैं
सेवादी मंजूरी दे बस तैथों ऐही चावां मैं
'जोश' ते कृपा करो मैय्या जी, वसो जी हृदय मेरे
मैय्या जी अस्सी नौकर तेरे……

गीतकार : चमनलाल 'जोश' गायक : नरेन्द्र चंचल

रूसी ना मां शेरां वालिए

जग रुसया ऐ ते भांवे रुस जावे
रूसी ना मां शेरां वालिए
तेरा बचड़ा वास्ते पावे
रूसी ना मां शेरा वालिए
रूसी ना मां……

भांवे ओ करोड़दा ते
भांवे होवे लख दा
लाल तेरा किसे दी वी
परवाह न रख दा
तेरा हथ सिर अपने ते चाहवे
रूसी ना मां……

होर किसे दर ते
सिर मैं झुकाना नहीं
मना के मैं तैनूं किसे
होर नूं मनाना नहीं
तेरा जया कोई नजर न आवे
रूसी ना मां......

'जोश' वल्लों दुनिया ऐ
मुख भांवे मोड़ लये
सह लवांगा दुःख मैं भांवे
दिल मेरा तोड़ दये
तेरा झलया विछोड़ा न जावे
रूसी ना मां......

गीतकार : चमनलाल 'जोश' गायक : नरेन्द्र चंचल

अग्नि सरूपा काली मां

तेरे तेज में है जग सारा, अग्नि सरूपा काली मां
मुख में भूमण्डल को धारा, अग्नि सरूपा काली मां
तेरे तेज में है जग सारा......

रत्न जड़ित सिंहासन पर तू
मंद-मंद मुस्काए
कंवल फूल पर पांव धर के
अद्भुत रूप दिखाए

तेरा मन में रूप निहारा, अग्नि सरूपा कालो मां
तेरे तेज में है जग सारा......

आधा चंदा शीश की शोभा
लाल वस्त्र तन धारे
बिजली जैसी चम-चम चमके
कर में खड्ग उभारे
तूने महिषासुर को मारा, अग्नि सरूपा काली मां
तेरे तेज में है जग सारा......

काले रंग में लाल रात्री
काल रूप जगदम्बा
महाबलि पाताल वासनी
शूल धारणी अम्बा
तेरे नैन बने अंगारा, अग्नि सरूपा काली मां
तेरे तेज में है जग सारा......

चामुण्डा, चण्डिका, यक्षिणी
नर-सिंह भक्षाणी
ज्वालामुखी - कालिका - शंकरी
दुर्गा मात भवानी
तूने दुष्टों को संहारा, अग्नि सरूपा काली मां
तेरे तेज में है जग सारा......

योगनियों में महा योगिनी
युद्ध महा-भयंकर करती
शुंभ-निशुंभ के रक्त से अपना
रण में खप्पर भरती

तूने असुरों को ललकारा, अग्नि सरूपा काली मां
तेरे तेज में है जग सारा……

विष्णू जी ने चक्र दिया और
शंकर ने त्रिशूल
इन्द्र ने तुझको वज्र दिया है
और सागर ने फूल
तूने ब्रह्मा का कष्ट निवारा, अग्नि सरूपा काली मां
तेरे तेज में है जग सारा……

क्रूर ग्रह से हमें बचाओ
बैरी मार गिराओ
'फलक' कहे जै माता काली
मेरे दाहने आओ
सिमरू निसदिन नाम तुम्हारा, अग्नि सरूपा काली मां
तेरे तेज में है जग सारा……

गीतकार , हीरालाल 'फलक' गायिका : बेबी शुक्ला

लज्जा रखती है शेरां वाली

लज्जा रखती है शेरां वाली, कि बोलो संतो जै माता
वो ही सबकी करे रखवाली, कि बोलो संतो जै माता
लज्जा रखती है……

आशा की बगिया महका कर
प्रेम के सुन्दर फूल खिला कर

माई आप बनी है माली, कि बोलो संतो जै माता
लज्जा रखती है……

जब सृष्टि ब्रह्मा ने रचाई
बादल बन आकाश पे छाई
फैली चारों तरफ हरियाली, कि बोलो संतो जै माता
लज्जा रखती है……

देवताओं ने जब भी पुकारा
मां ने आ कर कष्ट निवारा
मां की सबसे है शान निराली, कि बोलो संतो जै माता
लज्जा रखती है……

महिषासुर जब लड़ने आया
माई ने उसको मार गिराया
विपदा विष्णू-शिव की टाली, कि बोलो संतो जै माता
लज्जा रखती है……

संकट हरणी सुखदाता के
नाम अनेकों हैं माता के
वही दुर्गे, वही है काली, कि बोलो संतो जै माता
लज्जा रखती है……

जब से दर्श दाती का मिला है
'फलक' हृदय का फूल खिला है
झूली मन की है डाली-डाली, कि बोलो संतो जै माता
वो ही सबकी करे रखवाली कि बोलो संतो जै माता
लज्जा रखती है……

गीतकार : हीरालाल 'फलक' गायिका : बेबी शुक्ला

माता अष्टभुजी जगदम्बे

ब्रह्मा-विष्णु-शिव का सहारा, माता अष्टभुजी जगदम्बे
तीनों लोक में राज तुम्हारा, माता अष्टभुजी जगदम्बे
तीनो लोक में……

आठ हाथ पछिम की ओर हैं
आठ हाथ पूरब की
बब्बर शेर पर बैठी अम्बे
रक्षा करती सब की
तुमने भक्तों का भाग्य संवारा, माता अष्टभुजी जगदम्बे
तीनों लोक में……

शंख-चक्र और गदा-पदम
त्रिशूल है प्रलयंकारी
खड्ग वांग, खट्वांग भसुंडी
माला तेज कटारी
तुमने शस्त्र हर इक है धारा, माता अष्टभुजी जगदम्बे
तीनों लोक में……

सूरज से सौ योजन ऊपर
ब्रह्म तेज अस्थल में
शक्ति लोक में रहती अम्बे
सतरंगी मण्डल मे
सुन्दर दृश्य, मनोहर प्यारा, माता अष्टभुजी जगदम्बे
तीनों लोक में……

चन्द्र कपोल और सूरज मस्तक
नैनन बिजली चमके

सात दीप नौखण्ड की माता
निखर रही है थम के
तुमने दुष्ट जनों को मारा, माता अष्टभुजी जगदम्बे
तीनों लोक में......

इक नूरानी नीले फूल पर
कोमल अंग बिराजे
शीश मुकट गल अद्‌भुत माला
माथे बिंदिया साजे
धारे ठोडी बीच सितारा, माता अष्टभुजी जगदम्बे
तीनों लोक में......

सत्यलोक, शिवलोक में रहते
ब्रह्मा - विष्णू - शंकर
कपिलपुरी में है मां काली
धारे रूप भयंकर
सबको रखती है न्यारा-न्यारा, माता अष्टभुजी जगदम्बे
तीनों लोक में......

चांद वहां जा सके न सूरज
और न कोई तारा
है माता के तेज से सारे
तीनों लोक उजियारा
चमके तुमसे है अम्बर सारा, माता अष्टभुजी जगदम्बे
तीनो लोक में......

जै ब्रह्माणी वैष्णो माता
जै शिव शक्ति भवानी

'फलक' कहे जै ब्रह्मसरूपा
चन्द्र मुखी कल्याणी
कर दो जग से मेरा निस्तारा, माता अष्टभुजी जगदम्बे
तीनों लोक में......

गीतकार : हीरालाल 'फलक' गायक : हीरालाल 'हीरा'

●

सूरत जरा दिखा दे ऐ शेरां वाली माता

दस्ते-करम बढ़ा दे, ऐ शेरां वाली माता
गई बात तू बना दे, ऐ शेरां वाली माता
तेरे दर्श की लगन में कब से भटक रहे हैं
सूरत जरा दिखा दे, ऐ शेरां वाली माता
सूरत जरा दिखा दे......

पा जाए तेरे दर से हर कोई आस मन की
कोई फूल वो खिला दे, ऐ शेरां वाली माता
सूरत जरा दिखा दे......

तेरी ज्योति की चमक में जलवे हों सारे जग के
ऐसा भवन वना दे, ए शेरां वाली माता
सूरत जरा दिखा दे......

वही अस्तुति जो जग की सांसों में बस गई है
उन्हें और तू हवा दे, ऐ शेरां वाली माता
सूरत जरा दिखा दे.........

जो हुई है भूल हम से अनजाने बालपन में

उन्हें मन से तू मिटा दे, ओ शेरां वाली माता
सूरत जरा दिखा दे……

तेरा द्वार कैसे ढूंढ़ें, तेरे दर्शनों के प्यासे
तू ही 'अश्क' को बता दे, ओ शेरां वाली माता
सूरत जरा दिखा दे……

गीतकार : अरविन्द कुमार 'अश्क' गायक : अरविन्द शर्मा

●

मूरती मां की फिर भी प्यारी है

चक्रधारी है शस्त्रधारी है
मूरती मां की फिर भी प्यारी है
मूरती मां की……

हे जग जननी हे महामाया
नाम छोटा सा कितना भारी है
मूरती मां की……

मूरती की चमक-दमक देखो
मूरती की चमक-दमक देखो
कितनी अनमोल चित्रकारी है
मूरती मां की……

जिसके हृदय में मां का वास नहीं
जिसके हृदय में मां का वास नहीं
वो अभागा है, वो भिखारी है
मूरती मां की……

मां की उस पर दया है अपरमपार
मां की उस पर दया है अपरमपार
सच्चे मन से ही जो पुजारी है
मूरती मां की……

मां की भक्ति को छोड़ दें कैसे
मां की भक्ति को छोड़ दें कैसे
ये 'चमन' जिन्दगी हमारी है
चक्रधारी है शस्त्रधारी है
मूरती मां की फिर भी प्यारी है
मरती मां की……

गीतकार : कृष्णकुमार 'चमन' गायक : शंकर शम्भू

●

खेल रहियां ने कंजकां रल के
कैसे खेल निराले
कंजकां दे विच मां दे दर्शन
कर दे करमां वाले

—अज्ञात

●

रुतबा तू पहचान वैष्णों माई का

रुतबा तू पहचान, वैष्णों माई का
धर हृदय में ध्यान वैष्णों माई का
रुतबा तू पहचान……

मन में नाम सुमरना होगा
सम्भल-सम्भल पग धरना होगा
है ऊंचा अस्थान, वैष्णों माई का
धर हृदय में ध्यान, वैष्णों माई का
रुतबा तू पहचान......

रो-रो कर गर शीश झुकाए
चौखट पर दामन जो बिछाए
मिल जाए वरदान, वैष्णों माई का
रुतबा तू पहचान......

जो कुछ है न्यौछावर कर दे
तन-मन-धन चरणों पर धर दे
अपना सब कुछ जान, वैष्णों माई का
धर हृदय में ध्यान वैष्णों माई का
रुतबा तू पहचान......

ज्योति का प्रकाश दिखाया
और अपने जागे में बुलाया
है तुझ पर एहसान, वैष्णों माई का
धर हृदय में ध्यान, वैष्णों माई का
रुतबा तू पहचान......

दो दिन हैं संसार में डेरे
काल खड़ा है सर पे तेरे
कर सिमरन नादान, वैष्णों माई का
धर हृदय में ध्यान, वैष्णों माई का
रुतबा तू पहचान........

तेरा सोया भाग जगा दे
और सभी दुःख-दर्द मिटा द

कर इतना सम्मान, वैष्णों माई का
धर हृदय में ध्यान, वैष्णों माई का
रुतबा तू पहचान……

जीवन का विश्वास नहीं है
सांस को कोई आस नहीं है
कर तू ही 'फलक' गुणगान, वैष्णों माई का
धर हृदय में ध्यान, वैष्णों माई का
रुतबा तू पहचान……

गीतकार : हीरालाल 'फलक' गायक : हीरालाल 'हीरा'

मेरी मां, मेरा आसरा बन गया है

मेरी मां, मेरा आसरा बन गया है
तेरा नाम गम की दवा बन गया है
मेरी मां……

तुझे याद रखता
तुझे याद रखता तो फिर जिन्दगी थी
तुझे भूल जाना खता बन गया है
मेरी मां……

पिया जामे-वहदत
पिया जामे-वहदत तो सारा जमाना
मेरे वासते मेंकदा बन गया है
मेरी मां……

तेरा नाम लेना
तेरा नाम लेना और आंसू बहाना
तेरे भक्त जन की अदा बन गया है
मेरी मां······

इन्हें अपनी माया के
इन्हें अपनी माया के जलवे दिखा दे
कि हर आदमी अब खुदा बन गया है
मेरी मां······

करे क्यों न सुमरन
करे क्यों न सुमरन वो दिन-रात साजन
कि उस दिल को ये भी सदा बन गया है
मेरी मां······

गीतकार : साजन पेशावरी गायक : चन्द्रबली

नज्र है हर खुशी आपके नाम पर

नज्र है हर खुशी आपके नाम पर
अम्बिके-भगवती आपके नाम पर
नज्र है हर खुशी······

जोत क्या आज फिर इस भवन में जगी
जोत क्या
जोत क्या आज फिर इस भवन में जगी
बढ़ गई चांदनी आपके नाम पर
नज्र है हर खुशी······

मैंने पाया न दर्शन कभी आपका
मैंने पाया न
मैंने पाया न दर्शन कभी आपका
लुट गई जिन्दगी आपके नाम पर
नज्र है हर खुशी......

आप रहमत की रक्खें नजर हर घड़ी
आप रहमत की
आप रहमत की रक्खें नजर हर घड़ी
मैं करूं बन्दगी आपके नाम पर
नज्र है हर खुशी......

पा के दर्शन महकने लगी आज तो
पा के दर्शन
पा के दर्शन महकने लगी आज तो
दिल की 'साजन' कली आपके नाम पर
नज्र है हर खुशी......

गीतकार : साजन पेशावरी

गायक : चन्द्रबली

मेरा बिगड़ा मुकद्दर संवर जाएगा

तेरा जलवा जो दिल में उतर जाएगा
मेरा बिगड़ा मुकद्दर संवर जाएगा
मेरा बिगड़ा मुकद्दर......

मुझको संसार सागर ने समझा है क्या
हौसला मां के भगतों का देखा है क्या

छा ही जाऊंगा तूफान की मौज पर
मेरी मैय्या खिवैय्या बनेगी अगर
डूब कर भी सफीना उभर जाएगा
मेरा बिगड़ा मुकद्दर……

दिल के दु:ख-दर्द सारे ही मिट जाएंगे
जितने सेवक हैं आनन्द सब पाएंगे
कोई रहमत का झोंका अगर आ गया
मां की चुनरी का आंचल जो लहरा गया
सारा संसार खुशबू से भर जाएगा
मेरा बिगड़ा मुकद्दर……

मेरी जानिब भी नजरें उठा दे ज़रा
शेरां वाली फकत है तेरा आसरा
मैं न भूलंगा तेरी दया उम्र भर
गर ये हो जाएगी प्यार की इक नजर
मेरे जीवन में अमृत बिखर जाएगा
मेरा बिगड़ा मुकद्दर……

वादा आने का करके मुकरना नहीं
मैं जो आवाज दूं, देर करना नहीं
आखिरी वक्त लेना तू मेरी खबर
मेरे सिरहाने होगी अगर शेर पर
काल भी देख कर मुझको डर जाएगा
मेरा बिगड़ा मुकद्दर……

आ रही है नगर कोट से ये सदा
किसलिए फिर रहा है भटकता हुआ

मां का मन्दिर है जीवन बिता ले यहीं
ऐ 'फलक' अपनी धूनी रमा ले यहीं
छोड़ कर मां का द्वारा किधर जाएगा
मेरा बिगड़ा मुकद्दर……

गीतकार : हीरालाल 'फलक' गायक : शंकर शंभू

मैय्या दी झांझर चमके

मैय्या दी झांझर चमके, चमके चल शरमाए
मैय्या दी झांझर चमके……

कोमल-कोमल जहें चरणां विच
मां ने झांझर पाई
रंग बिरंगी नौ रत्ना नाल
सोहणी जड़त जड़ाई
विश्वकरमा ने अपने हत्थी
झांझर आप बनाई
मैय्या दी झांझर चमके……

झांझर दी झंकार दे अन्दर
गूंजन गीत हजारां
सूरज देव कहे इस झांझर नं
किरणां नाल शिगारां
सामदेव कहे इसदे उत्तों
राग मैं सारे वारां
मैय्या दी झांझर चमके……

इस झांझर वाले चरणां दा
देवते ध्यान लगांदे
ऋषि मुनि सन्यासी सिमरण
योगी वी तर जांदे
शेष-महेश ने उपमा करदे
नारद नृत्य दिखांदे
मैय्या झांझर चमके……

इस झांझर दे लिशकारे तों
डरदे पापी सारे
किसे दे नैनां नूं दये चारण
किसे दे भाग संवारे
'जोश' उनां चरणां नूं वेखण
बैण मां दे द्वारे
मैय्या दी झांझर चमके……

गायक : नरेन्द्र चंचल
गीतकार : चमनलाल 'जोश'

सैनूं चिट्ठी आई ऐ

मैय्या दे द्वारे असी जाना, सैनूं चिट्ठी आई ए
रज-रज दर्शन पाना, सैनूं चिट्ठी आई ए
सैनूं चिट्ठी आई ए मैय्या जी ने पाई ए
सैनूं चिट्ठी आई ए……

मन्जिल वी दूर है
जाना वी जरूर है

चेहरे उत्ते लालियां
अखां विच सुरूर है
अंग-संग माई ए
सबदी सहाई ए
जिन्ने वी बुलावा मैय्या
दौड़ी-दौड़ी आई ए
पर्वतां दे उत्ते है ठिकाना, सैनूं चिट्ठी आई ए
सैनूं चिट्ठी आई ए......

मन्दिर निराला ए
सोहणी गुफा वाला ए
हर वैले खुला रैदा
न बूआ न ताला ए
गंगा जी दा पानी ए
ज्योति नूरानी ए
उच्चेयां सिंहासनां ते
बैठी पिण्डी रानी ए
दिल वाला हाल सुनाना, सैनूं चिट्ठी आई ए
सैनूं चिट्ठी आई ए, मैय्या जी ने पाई ए
सैनूं चिट्ठी आई ए......

सोहणा दरबार है
लीला अपार है
मैय्या रूप विच
निराकार दा आकार है
शेर दी सवारी ए
अष्टभुजा धारी ए

शस्त्रां दे नाल सजी
आदि कवारी ए
असां जा के शीश झुकाना सानूं चिट्ठी आई ए,
सानं चिट्ठी आई ए, मैय्या जी ने पाई ए
सानूं चिट्ठी आई ए......

गीतकार : अज्ञात गायक : नरेन्द्र चंचल

सबसे ऊंचा द्वारा, मात कल्याणी का

सुन्दर भवन नियारा, मात कल्याणी का
सबसे ऊंचा द्वारा मात कल्याणी का
सुन्दर भवन न्यारा......

कैलास के ऊपर दाती
बना तुम्हारा मन्दर
जगमग-जगमग जोत है जगती
उस मन्दर के अन्दर
जिसका ध्यान लगाएं जोगी
गौरव गुरू मछन्दर
सबसे ऊंचा द्वारा मात कल्याणी का
सुन्दर भवन न्यारा......

सतयुग में देवों ने तुमको
पूजा महामाया
त्रेता-द्वापर राम कृष्ण ने
मस्तक मात नवाया

इस कलयुग में ध्यानूं भगत ने
काट के सीस चढ़ाया
सबसे ऊंचा द्वारा मात कल्याणी का
सुन्दर भवन न्यारा......

पूरब पश्चिम और दक्षिण
में हैं तेरे पुजारी
तेरे चक्कर में चक्कर खाती
है दुनिया सारी
तेरी दया के मात पुजारी
राजा और भिखारी
सबसे ऊंचा द्वारा मात कल्याणी का
सुन्दर भवन न्यारा......

तेरे दर पे आए दाती
सजदा करने वाले
चक्रवर्ती बने वो जिस पे
नजर है दाती डाले
पत्थर लाल बने वो जिसको
गोद में तू सम्भाले
सबसे ऊंचा द्वारा मात कल्याणी का
सुन्दर भवन न्यारा......

मां दुर्गा की जिसने मन
में ज्योति जलाई
शक्ति से मिली शक्ति जिसको
विजय उसी ने पाई
जैसी भावना 'जोश' में मैय्या

ऐसी देत दिखाई
सबसे ऊंचा द्वारा मात कल्याणी का
सुन्दर भवन न्यारा······

गीतकार : चमनलाल 'जोश' गायक : नरेन्द्र चंचल

●

चुन्नी गुलनारी रंग दी

शेरां वाली नूं लगदी ए प्यारी
ऐ चुन्नी गुलनारी रंग दी
उत्ते लगी होवे गोटा-किनारी
ऐ चुन्नी गुलनारी रग दी
गुलनारी रंग दी······

सतयुग विच जदों रूप दाती धारया
बिष्णू ते भोले—ब्रह्मा चुन्नी नूं संवारया
भेंटा कीती ए पहली वारी
ऐ चुन्नी गुलनारी रंग दी
गुलनारी रंग दी······

कलयुग विच ध्यानूं मैय्या नूं ध्यांवदा
रंग-रंग चुन्नियां ओ भेंटा लैके जांवदा
जेड़ी नाम वाले रंग विच रचाई
ऐ चुन्नी गुलनारी रंग दी
गुलनारी रंग दी······

शिवाजी मरहठे, चुन्नी वाली नूं ध्यालिया
गुरु गोबिन्द सिंह वर एत्थों पा लिया
नाले वेखी ए शेर सवारी
ऐ चुन्नी गुलनारी रंग दी……
गुलनारी रंग दी……

गुफा विच बैठी मैय्या पिण्डी रूप धार के
चुन्नी जा चढ़ावीं 'मीनूं' जै-जै उचार के
तके 'निर्बल' दे वांग पुजारी
ऐ चुन्नी गुलनारी रंग दी
गुलनारी रंग दी……

गीतकार : करतारचंद 'निर्बल' गायिका : मीनू चड्ढा

●

मैय्याजी मैं कैसे दर्शन पाऊं

सुर लय-वाणी टूट गए सब, कैसे महिमा गाऊं
मोह-माया के तेल और बाती, कैसे ज्योति जगाऊं
मैय्याजी मैं कैसे दर्शन पाऊं…

अब तो एक ही विनती मेरी
वापिस मुझे बुला लो
अपने चरणों की छाया में
मुझे भी कहीं छुपा लो
भव सागर की ऊंची लहरें, मैय्या डूब न जाऊं
मैय्याजी मैं कैसे दर्शन पाऊं…

सुर-लय-वाणी टूट गए सब, कैसे महिमा गाऊं
मोह-माया के तेल और बाती, कैसे ज्योति जगाऊं
मैय्याजो मैं कैसे दर्शन पाऊं···

गीतकार : अज्ञात गायक : नरेन्द्र चंचल

मैय्या पीले शेर ते आई

सारे बोलो, मिल के बोलो, जयकारा गज के
मैय्या पीले शेर ते आई
लाल चोला मैय्या जी दा
लगदा प्यारा ए
सीस उत्ते हीरयां दा
मुकुट न्यारा ए
लाल मन्दर विच, लाल भवानी आई सज के
मैय्या पीले शेर ते आई

मैय्या जी दे दर आइयां
संगता प्यारियां
मिट्ठियां मुरादां लई
झोलियां पसारियां
नाम ध्या लओ, दर्शन पा लओ, राज-रजके
मैय्या पीले शेर ते आई

मैय्या जी दे रंग विच
तन-मन रंग लओ
होई ए दयाल दाती
बर कोई मंव लओ

हुण ढोलक बोले, छैणा बोले, वज-वज के
मैय्या पीले शेर ते आई

मावां मगण पुत्तर भैणां
मंगण एत्थों वीर ने
दुखियां दा चारा लाई

दर ए अखीर ने
'निर्बल' गावे, 'मीनू' गावे, आओ भज के
दाती पीले शेर ते आई

सारे बोलो, मिल के बोलो, जयकारा गज के
दाती पीले शेर ते आई

गीतकार : करतारचंद 'निर्बल' गायिका : मीनू चड्ढा

माई मेरी छोटी सी

लखरूप, चकित परिवार, माई मेरी छोटी सी
खेले-खेले दक्ष के द्वार, माई मेरी छोटी सी
माई मेरी छोटी सी ....

ब्रह्मा की अरदास पे माई
मैना मां के गर्भ से आई
हुई चऊं दिशा जै-जैकार, माई मेरी छोटी सी
खेले-खेले दक्ष के द्वार, माई मेरो छोटी सी
माई मेरी छोटी सी......

दक्ष ने तप इक बार किया था
माई से ये वरदान लिया था
धर लूंगी तेरे अवतार, माई मेरी छोटी सी
खेले-खेले दक्ष के द्वार माई मेरी छोटी सी
माई मेरी छोटी सी······
यही है गिरिजा, यही सती है
नाम पड़ा अब पारवती है
इक रूप के नाम अपार, माई मेरी छोटी सी
खेले-खेले दक्ष के द्वार, माई मेरी छोटी सी
माई मेरी छोटी सी······

तीन बरस की माता रानी
जब बोले तुतला कर बानी
जाएं मात-पिता बलिहार, माई मेरी छोटी सी
खेले-खेले दक्ष के द्वार, माई मेरी छोटी सी
माई मेरी छोटी सी······

घुटनों के बल चलती माई
आंगन बीच मचलती माई
दिखलाए चरित्र अपार, माई मेरी छोटी सी
खेले-खेले दक्ष के द्वार, माई मेरी छोटी सी
माई मेरी छोटी सी······

ब्रह्मा-विष्णु द्वारे आए
रंग-बिरंगे खिलौने लाए
हंस-हंस के करे खिलवार, माई मेरी छोटी सी
खेले खेले दक्ष के द्वार, माई मेरी छोटी सी
माई मेरी छोटी सी······

माता मैना जब नहलाए
काजल डाले बिंदिया लगाए
मुख चूमे बारमबार, माई मेरी छोटी सी
खेले-खेले दक्ष के द्वार, माई मेरी छोटी सी
माई मेरी छोटी सी……

सोए नहीं चांद पर लपके
लोरी दे-दे माता थपके
रो-रो के बढ़ाए प्यार, माई मेरी छोटी सी
खेले-खेले दक्ष के द्वार, माई मेरी छोटी सी
माई मेरी छोटी सी………

दक्ष के मन संकोच जो आया
अष्टभुजी फिर रूप दिखाया
क्षण भर में किया उद्धार, माई मेरी छोटी सी
खेले-खेले दक्ष के द्वार, माई मेरी छोटी सी
माई मेरी छोटी सी………

पारवती फिर नाम पड़ा था
शिव से 'फलक' शुभ ब्याह हुआ था
कहता है यही संसार, माई मेरी छोटी सी
खेले-खेले दक्ष के द्वार, माई मेरी छोटी सी
माई मेरी छोटी सी……

गीतकार : हीराललाल 'फलक' गायिका : रेशमा गढ़वाली

शेरां वाली को मनाने हम भी आए हैं

शेरां वाली को मनाने हम भी आए हैं
फूल ज्योति पर चढ़ाने हम भी आए हैं
शेरां वाली को मनाने········

तू जगजननी सब की मां है
हमने तुझको जाना
दुनिया में सब पर है तेरी
ममता का अफसाना
अपने दुखड़े सुनाने हम भी आए हैं
फूल ज्योति पर चढ़ाने हम भी आए हैं
शेरां वाली को मनाने······

हम निर्धन कंगाल भिखारी
तू दाती कल्यानी
देखें क्या दरबार से तेरे
मिलता है महारानी
तू जो रूठी है मनाने हम भी आए हैं
फूल-ज्योति पर चढ़ाने हम भी आए हैं
शेरां वाली को मनाने······

गूंज रहे हैं तेरी दया के
जग में जै-जैकारे
हाथ पसारे हम भी आए
माता तेरे द्वारे
अपने कष्टों को मिटाने, हम भी आए हैं
फूल ज्योति पर चढ़ाने, हम भी आए हैं
शेरां वाली को मनाने······

भेंट करेंगे तुझको माता
चरणन शीश नवा के
फूल नहीं हैं, हार नहीं हैं
आंसू हैं श्रद्धा के
तेरी मूरत को सजाने हम भी आए हैं
फूल ज्योति पर चढ़ाने हम भी आए हैं
शेरां वाली को मनाने.........

देर न कर अब हम भक्तों का
सोया भाग जगा दे
रिद्धी-सिद्धी दे कर माता
जीवन सफल बना दे
नीर नैनन से बहाने, हम भी आए हैं
फूल ज्योति पर चढ़ाने, हम भी आए हैं
शेरां वाली को मनाने......

लब पर है फरियाद हमारे
हाथ हमारे खाली
कहे 'फलक' तू झोली भर दे
मैय्या शेरां वाली
सर को चरणों में झुकाने हम भी आए हैं
फूल ज्योति पर चढ़ाने हम भी आए हैं
शेरां वाली को मनाने......

गीतकार : हीरालाल 'फलक' गायिका : रेशमा गढ़वाली

मेरी मां छेती आ जा

तेरे दर-दरवज्जे मल्ले नी, मां छेती आजा
असी अज तां कलम-कल्ले नी, मां छेती आजा
मेरी मां छेती आ जा
तू छेती-छेती आ जा
तू दौड़ी-दौड़ी आ जा
मां पोड़ी-पोड़ी आ जा
मेरी मां छेती आ जा......

भगतां नू चिट्ठियां तूं पावें सालो-साल मां
बच्चड़े निमाणे दा क्यूं आया न ख्याल मां।
तेरी ज्योति वाग ओ जल्ले नी, मां छेती आजा
मेरी मां छेती आ जा
तू छेती-छेती आ जा
तू दौड़ी-दौड़ी आ जा
मां पोड़ी-पोड़ी आ जा
मेरी मां छेती आ जा.........

अक्खां विच उसदां, ही वस्से तेरा नूर मां
मुद्दतां तो बैठा ए ओ चरणां—हुजूर मां
अड्ढे खाली झोली-पल्ले नी, मां छेती आजा
मेरी मां छेती आ जा
तू छेती-छेती आ जा
तू दौड़ी-दौड़ी आ जा
मां पोड़ी-पोड़ी आ जा
मेरी मां छेती आ जा......

तेरो रखवाली नूं इक शेर पीला गज्जे मां
तेरे दरबार दाती शंख - छैणा वज्जे मां
तेरे भगत हो गए झल्ले नी, मां छेती आजा
मेरी मां छेत्ती आ जा
तू छेती-छेती आ जा
तू दौड़ी-दौड़ी आ जा
मां पोड़ी-पोड़ी आ जा
मेरी मां छेती आ जा.........

रुस्से होए बच्चे यां दी मिट्टी तू न रोल मां
मिट्टे होए बच्चेयां दे सुण मिट्ठे बोल मां
नच के केहण ओ बल्ले-बल्ले नी, मां छेती आ जा
मेरी मां छेती आ जा
तू छेती-छेती आ जा
तू दौड़ी-दौड़ी आ जा
मां पौड़ी-पौड़ी आ जा
मेरी मां छैती आ जा......

मेहर वाला हथ दाती 'साजन' उत्ते धर दे
दिन-राती तैनं जप्पे, ऐसे ही तू कर दे
जिन्दगी है उसदी चरणां थल्ले नी, मां छेती आजा
मेरी मां छेती आ जा
तू छेती - छेती आ जा
तू दौड़ी - दौड़ी आजा
मां पोड़ी - पोड़ी आ जा
मेरी मां छेती आ जा......

गीतकार : साजन पेशावरी गायक : चन्द्रबली

जै-जै जैकारा शेरां वालो दा

भव सागर तों पार उतारे
सब दे बिगड़े काज संवारे
हो जाए इक इशारा, शेरां वाली दा
जै-जै-जैकारा, शेरां वाली दा

इक वारी जो सच्चे मन नाल
ऐ जैकारा बोले
माता रानी आप उस लई
झक्खड़-हनेरी झुल्लण भांवें
चल्लण तेज हवांवा
मां दे बच्चड़े लाणा जैकारे
सिदक कदे न डोले
दिल विच उसदा ध्यान लगाके
अन्दर उसदी जोत जगा के
मंग लो इक सहारा शेरां वाली दा
जै-जै जैकारा शेरां वाली दा

भरी सभा विच भगत ध्यानू
ने जैकारा लाया
लाज बचाओ जगदम्बे ओ
जगजननी महामाया
भगत तेरे दी भगती नूं मां
अकबर ने अजमाया
नंगी पैरी अकबर आया
मां सोने दा छतर चढ़ाया
पूजया आप द्वारा शेरां वाली दा
जै-जै-जैकारा, शेरां वाली दा

आओ संतो शेरां वाली
मां नूं आज मनाइए
सच्चीयां ज्योतां वाली नूं अज
सच्चे मन नाल ध्याइए
ओ भोली अस्सी भुलणहारे
भुल्लां वी बखशाइए
वरदानी, कल्याणी दे अज
रज-रज दर्शन पाइए
सबनूं गले लगाई जावे
सदियां तो बरताई जावे
खुलया ए भण्डारा शेरां वाली दा
जै-जै-जैकारा शेरां वाली दा

गीतकार : अज्ञात गायक : नरेन्द्र चंचल

तेरा दर छड के मैं जाना नहीं

तेरा दर छड के मैं जाना नहीं
मेरा होर कोई वी ठिकाना नहीं
तेरा दर छड कें......

जिन्नूं मिल गया मां तेरां इशारा
ओ तेरी कश्ती, ओ तेरा किनारा
मिल जाए मैंनूं वी तेरा सहारा
मंगदा मैं तैथों खजाना नहीं

मेरा होर कोई वी ठिकाना नहीं
तेरा दर छड के……

जिन्नूं चढ़ गई तेरे नां दी खुमारी
झुकी उदे कदमा च ऐ दुनिया सारी
मैं वी तेरे दर दा अदना भिखारी
चरणां तों मैंनू हटाना नहीं
मेरा होर कोई वी ठिकाना नहीं
तेरा दर छड के……

तेरे दर दी धूड़ी मैं मस्तक ते लाना
सुरमा समझ के नेन च पाना
दुःख सारे भेंटा दे अन्दर सुनाना
ऐ तरला ए 'चंचल' दा गाना
मेरा होर कोई वी ठिकाना नहीं
तेरा दर छड के……

गीतकार : चंचल गायक : नरेन्द्र चंचल

●

मैं वी देखां तेरा द्वार

सूहे-सूहे जित्थे झण्डे ने झुलदे
हासे फुल्लां दे, बुल्लां तों ने डुलदे
अस्सी-चार चौरासी जित्थे घंटियां दी खड़कार
मैय्या जी, मैं वी देखां तेरा द्वार
दातिए मैं वी देखां तेरा द्वार

कद मेरी आस होवेगी पूरी कद दा करां पुकार
मैय्या जी मैं वी देखां तेरा द्वार
दातिए, मैं वी देखां तेरा द्वार

चलदी पवन सुगन्धी वाली
चढ़ दी सुबह सूरज दी लाली
लै कै संग करोड़ों किरणां, भवन तों करे निसार
मैय्या जी मैं देखां तेरा द्वार
दातिए, मैं वी देखां तेरां द्वार

जो है शिवा दी जटां च रेहन्दी
उत्ते मैय्या दे चरणा च वेहन्दी
शक्ति तो शक्ति लै गंगा देवे पाप उतार
मैय्या जी मैं वी देखा तेरा द्वार
दातिए मैं वी देखां तेरा द्वार

ब्रह्म विष्णू तेरी पूजा करदे
देवते सिर सरदल ते घरदे
ध्यानू वांग मां 'जोश' वी तेरी मिन्नत करे हजार
मैय्या जी, मैं वी देखां तेरा द्वार
दातिए, मैं वी देखां तेरा द्वार

गीतकार : चमनलाल 'जोश' गायक : नरेन्द्र चंचल

●

लाल चूड़ा छणकदा

दाती दे हथ लाल चूड़ा छणकदा
लाल चूड़ा छणकदा

बई लाल चूड़ा छणकदा
मेरी मैय्या दे हथ लाल चूड़ा छणकदा
दाती दे हथ……

इन्द्र ने हाथी दे दंद दा चूड़ा है बनवाया
सूरज देव ने ऊषा दो लाली दा रंग चढ़ाया,
लाली दा रंग चढ़ाया, चूड़ा छणकदा
लाल चूड़ा छणकदा
दाती दे हथ……

गोरियां-गोरियां बावांदे विच सूहा-सूहा चूड़ा
लाल गुलाब दे फुल्लां दी लालो तो रंग हैं गूड़ा
लाली तो रंग है गूड़ा, चूड़ा छणकदा
लाल चूड़ा छणकदा
दाती दे हथ……

लाल पट्ट दा लाल है थैनू लालां दे नाल जड़िया
लाल मेहन्दो वाले हत्था च महारानी ने फड़िया
महारानी ने फड़िया, चूड़ा छणकदा
लाल चूड़ा छणकदा
दाती दे हथ……

कौल कंधोली ते माई देवा खेंउन बारों वारी
चरण पादुका सुट्टे खेनूं बोचे आद कुवारी
बोचे आद कुवारी चूड़ा छणकदा
लाल चूड़ा छणकदा
दाती दे हथ……

माता दे हथ चूड़ा छणके भगतां दे हथ छैना
जुगां तों मां पुत्त दा नाता 'जोश' अंत तक रैहना

'जोश' अन्त तक रहना चूड़ा छणकदा
लाल चूड़ा छणकदा
दाती दे हथ......

गीतकार : चमनलाल 'जोश' गायक : नरेन्द्र चंचल

●

शेरां वाली भण्डारे भरे दुनिया दे

जिस थां तू हर वेले होंवे
होवे पूरा सवाल सवाली दा
इहो दर है मां शेरां वाली दा
शेरां वाली भण्डारे भरे दुनियां दे
मेहरां वाली भण्डारे भरे दुनिया दे
शेरां वाली......

जेड़े इद्दे दर उत्ते सीस झुकांदे ने
दाती कोलों भर के ओं झोलियां लै जांदे ने
बरने तकदीर, जित्थे पूरियां मुरादां होण
मन्दर जगदी ज्योतां वाली दा
इहो दर है मां शेरां वाली दा
शेरां वाली भण्डारे भरे दुनिया दे
मेहरां वाली भण्डारे भरे दुनिया दे
शेरां वाली.........

इहो थां, मिलदी जित्थों अन्नेयां नूं जोती
बांझ नूं ऐ लाल देंदी, सीपियां नूं मोती
मुखयां नं अन्न देवे, सब दे भण्डारे भरे

ख्याल रखे हर ख्याली दा
इहो दर है मां शेरां वाली दा
शेरां वाली भण्डारे भरे दुनिया दे
मेहरां वाली भण्डारे भरे दुनिया दे
शेरां वाली……

इहो बूआ जित्थों सारे झोली अड मंगदे
जीवन सारा 'जोश' मां दे रंग विच रंग दे
शक्ति दा भण्डारा जित्थों सारियां शक्ति मिले
रूप है महाकाली दा
इहो दर है मां शेरां वाली दा
मेहरां वाली भण्डारे भरे दुनिया दे
शेरां वाली……

गीतकार : चमनलाल 'जोश' गायक : नरेन्द्र चंचल

●

पहले दिल अपना तू साफ कर प्यारे

पहले दिल अपना तू साफ कर प्यारे
काम-क्रोध-लोभ-मोह कोलों डर प्यारे
पहले दिल अपना……

जद तेरे दिल तो अहंकार मिटेगा
उदों शेरां वाली दा दीदार मिलेगा
जिन्नूं फल लगदें ओ टूट जाए डाली
झूठे अभिमान वाली सुक जाए डाली
देख लै तू पहले उत्ते, उत्तां चढ़ प्यारे

काम-क्रोध-लोभ-मोह कोलों डर प्यारे
पहले दिल अपना……

मीरा वागूं जहर पींदे उडदे दीवाने
शमा उत्ते जीवें जल जांदे परवाने
तली उते अपना तू सीस धर प्यारे
काम-क्रोध-लोभ-मोह कोलों डर प्यारे
पहले दिल अपना……

उदे कोलों दस तू की-की छुपाएंगा
दाती नाल धोखा कर, दस कित्थे जाएगा
रखदी ए पल-छिन दी खबर प्यारे
काम-क्रोध-लोभ-मोह कोलों डर प्यारे
पहले दिल अपना……

चंचल द्वारिका ज्योति जगानी
गौर नाल सुण की अखदी भवानी
मन दा हनेरा पहले दूर कर प्यारे
काम-क्रोध-लोभ-मोह कोलो डर प्यारे
पहले दिल अपना……

गीतकार : चचंल
गायक : नरेन्द्र चचंल

●

दातिए तेरे द्वारे

जे मैं हुन्दा भगत तेरा मां
भेंटा गांदा आंदा
दातिए तेरे द्वारे

जे मैं हुन्दा शेर जंगल दा
गजदा-गजदा आंदा
दातिए तेरे द्वारे

जे मैं हुन्दा मेहन्दी दा बूटा
तेरे हथ दी शोभा बधांदा
दातिए तेरे द्वारे

जे मैं होन्दा फुल्लां दा बूटा
तेरे भगत तौड़ लै आंदे
दातिए तेरे द्वारे

जे मैं हुन्दा मोर जंगल दा
पैलां रोज मैं पांदे
दातिए तेरे द्वारे

जे मैं होन्दा भगत तेरा मां
भेंटा गांदा आंदा
दातिए तेरे द्वारे

गायक : अज्ञात
गीतकार : अज्ञात

रुत सोहणी आ गई

रुत सोहणी आ गई, मैय्या दे दर जान दी
लाल-लाल, सोहणे-सोहणे मन्दरां दे दर्शन पान दी
रुत सोहणी आ गई……

रुत गुलाबी, आए नौराते
असू चैत बहारां
अजब नज़ारा है परबत दा
खिलियां ने गुलजारां
पल्ला फड़ दाती दा नई गल घबरान दी
लाल-लाल-सोहणे-सोहणे मन्दरां दे दर्शन पान दी
रुत सोहणी आ गई……

उच्चे परबत सोहणे मन्दर
स्वर्ग तो वद नज़ारा
पौड़ी-पौड़ी चढ़ दे जांदे
बोल के जै-जैकारा
थावां दी ओ था ए दुःखड़े सुणान दी
लाल-लाल-सोहणे-सोहणे मन्दरां दे दर्शन पान दी
रुत सोहणी आ गई……

दुख-दलिदर सब मिट जांदे
मैय्या दी चरणी आ के
वर दाती सवनूं दे देंदी
आवे जो प्रीत लगाके
कि लालो पई दसदी, लाल निशान दी
लाल-लाल, सोहणे-सोहणे मन्दरां दे दर्शन पान दी
रुत सोहणी आ गई……

दर मन्दर है गुफा निराली
गुफा दे विच जलधारा
आवन सवाली, पान मुरादां
ऐ है सचचा द्वारा

तेरे मेरे दिल दियां ऐ मां सब जान दी
लाल-लाल सोहणे-सोहणे मन्दरां दे दर्शन पान दी
रुत सोहणी आ गई……

इस शक्ति दी भक्ति कर लै
ओ 'निर्बल' दीवाने
ऐदे नाम खुमारी दे वेखे
लक्खां में परवाने
ऐदे हथ डोर है कुल जहान दी
लाल-लाल, सोहणे-सोहणे मन्दरां दे दर्शन पान दी
रुत सोहणी आ गई……

गीतकार : करतारचंद 'निर्बल' गायक : अज्ञात

हलचल अम्बर पे मचाए दे

हलचल अम्बर पे मचाए दे री मैय्या शेरां वाली
दाती शेरां वाली, मेरी मैय्या मेहरां वाली
हलचल अम्बर पे मचाए दे……

सत्य प्रेम का भया उजाला
अंधियारी सी छाई
पुण्य भूमि ते भारत माता
कलयुग से घबराई
इसे सूरज से चमकाए दे री मैय्या शेरां वाली
दाती शेरां वाली, मेरी मैय्या मेहरां वाली
हलचल अम्बर पे मचाए दे……

चक्र छोड़ कर गगन पे अपना
दूर करो अंधियारा
कलियुग के इस काल में सोया
देवलोक है सारा
शंख अपना तू बचाए दे री मैय्या शेरां वाली
दाती शेरां वाली, मेरी मैय्या मेहरां वाली
हलचल अम्बर पे मचाए दे……

सृष्टि रच कर प्रीत बना कर
ब्रह्मा ने मुख मोड़ा
कमल नाभि पर ऐसे सोये
ध्यान जगत का छोड़ा
चण्डी बन के तू दिखाए दे री मैय्या शेरां वाली
हलचल अम्बर पे मचाए दे……

शेषनाग पर सोये विष्णु
निद्रा के मतवाले
कौन समन्दर मथ के माता
चौदह रत्न निकाले
उनको निद्रा से जगाए दे री मैय्या शेरां वाली
दाती शेरां वाली, मेरी मैय्या मेहरां वाली
हलचल अम्बर पे मचाए दे……

दिशा-दिशा में तीर छोड़ कर
तरकस कर दो खाली
आंख उठा के विष्णू देखे
जागो शेरां वाली
तीनों लोकों को हिलाए दे री मैय्या शेरां वाली

दाती शेरां वाली, मैय्या मेहरां वाली
हलचल अम्बर पे मचाए दे......

युग बीते कैलास से बाहर
नहीं आए शिवशंकर
खलक कहे मां दुष्ट जनों का
राज हुआ पृथ्वी पर
दुःख से भक्तों को छुड़ाए दे री मैय्या शेरां वाली
दाती शेरां वाली, मेरी मैय्या मेहरां वाली
हलचल अम्बर पे मचाए दे......

गीतकार : अज्ञात गायक : अरविन्द अश्क

●

संगतां चल पइयां

संगता चल पइयां
देखो देखो दरबार दी राह
संगतां चल पइयां......

दर ते शीश झुकान नू
हर दिल विच है इक चाह
संगतां चल पइयां......

उसदे दर ते अज तक न जाणे
आए ने कितने सवाली
भर के लै गए झोलियां सारे
कोई वी न गया खाली

तू वी दर ते आके वेख
शीश तां अपना झुका के वेख
तेरी पूरी होयगी हर चाह
संगतां चल पइयां……

बेगम नाल अकबर ने आके
सवा मन सोना-छतर चढ़ाया
ध्यानूं कट के शीश अपने नूं
नित मां दा दर्शन पाया
तू वी दर ते आ के वेख
शीश तां अपना झुका के वेख
तेरी पूरी होएगी हर चाह
संगतां चल पइयां……

गीतकार : पुष्प   गायक : अरविन्द 'अश्क'

डिगा आन मैं तेरे द्वारे

डिगा आन मैं तेरे द्वारे उच्चियां पहाडां वालिये
मां बच्चेयां नूं तेरे ही सहारे, सोणे-सोणे भवनां वालिए
डिगा आन मैं तेरे द्वारे……
तैथों दूर में नहीं रह सकदा
तेरा बिछोड़ा रह नहीं सकदा
मां पुत्तरां नूं कदे न बिसारे, बगे-वगे शेरां वालिए
मां बच्चेयां नूं तेरे सहारे, सोणे-सोणे भवनां वालिए
डिगा मैं आन तेरे द्वारे……

बच्चे होन्दे ने गन्दे मन्दे
मावां लई सब होन्दे न चंगे
औगुणां ते वी आत न मारे, मैय्या मेरी ज्योतां वालिए
मां बच्चेयां नू तेरे ही सहारे, सोणे-सोणे भवनां वालिए
डिगा आन मैं तेरे द्वारे……

तैनूं छड जावां किस पासे
तू रोणां दे भांवे दे हासे
तां जाणां जे मैंनू वी तारे, दाती मेरी लाटां वालिए
मां बच्चेयां नू तेरे ही सहारे, सोणे सोणे भवनां वालिए
समझ के पापी, न ठुकराईं
बचड़ें नू मां गल नाल लाई
लगा तेरे चरना दे किनारे, सुच्चे सुच्चे मन्दरां वालिए
मां बच्चेयां नू तेरे ही सहारे सोणे सोणे भवनां वालिए
डिगा आन मैं तेरे द्वारे……

गीतकार : अज्ञात गायक : राजकुमार

संगता ने आइयां मैय्या तेरे द्वारे

संगता ने आइयां मैय्या तेरे द्वारे
दरबार दे सोणे नजारे
संगता ने आइयां……

कोई पैदल, कोई खच्चर सवारी
सबनू चढ़ी तेरे नाम दी खुमारी
चढ़ता ही जाए हर कोई तेरे सहारे

दरबार दे सोणे नजारे
संगता ने आइयां……

ठण्डिया हवावां तो हर कोई डरदा
ओखियां राहवां तो हर कोई डरदा
जांदा ही जाए हर कोई तेरे सहारे
दरबार दे सोणे नजारे
संगतां ने आइयां……

इच्छा एहो तेरे दर्शन पावां
तैनूं ही दिल दा हाल सुनावां
तू ही डुबयां दे बेड़े मां तारे
दरबार दे सोणे नजारे
संगता ने आइयां……

दरबार तेरे दा हां मैं भिखारी
कल्याण कर दे मां कल्याणी
तू ही सब दे काज संवारे
दरबार दे सोणे नजारे
संगता ने आइयां……

गीतकार : अज्ञात

गायक : राजकुमार

तोता बोले मैना बोले

तोता बोले, मैना बोले, और बोले जग सारा
द्वार पे मां के आके सारे, बोलो जै-जैकारा

जै-जै शेरां वालिए
जै-जै मेहरां वालिए

तीतर, मोर, पपीहा बोले
सुनकर भक्त का मनवां डोले
सच्चे मन से सारे मिल के, बोलो जै-जैकारा
जै-जै लाटां वालिए
जै-जै जोतां वालिए

दीन-दुखी सब द्वारे आए
मां के चरणों में सीस झुकाए
भवन बना है मां का देखो कितना प्यारा-प्यारा
जै-जै भवनां वालिए
जै-जै मेहरां वालिए

ममता सबसे मां की न्यारी
करती है जो सिंह सवारी
जिसकी महिमा से मिट जाए देखो सब अंधियारा
जै-जै ज्योतां वालिए
जै-जै लाटां वालिए

गीतकार : अज्ञात गायक : इन्द्रजीत राही

तेरे दर ते संगत आई

तेरे दर ते संगत आई, उच्चे-उच्चे भवनां वालिए
तेरी जय-जय वैष्णो माई, बगे-बगे शेरां वालिए
तेरे दर ते संगत आई……

वरयां तों सन् आसा रखियां
आ गए जद तूं पाइयां चिट्ठियां
हुण साल ते साल बुलाई, मैय्या मेरी ज्योतां वालिए
तेरी जय-जय वैष्णो माई, बगे-बगे शेरां वालिए
तेरे दर ते संगत आई……

भगत बैठे मां ला के उड़ीकां
छेती कर तूं देई तरीखां
दे दर्शन देर न लाई, दाती मेरी लाटां वालिए
तेरी जय-जय वैष्णो माई, बगे-बगे शेरां वालिए
तेरे दर ते संगत आई……

आ गए मंगते तेरे दर ते
नाम दान नाल प्याला भरदें
सब दी आस पुजाई, मैय्या मेरी मेहरां वालिए
तेरी जय-जय वैष्णो माई, बगे-बगे शेरां वालिए
तेरे दर ते संगत आई……

गीतकार : अज्ञात गायक : इन्द्रजीत राही

जै माता दी बोल भगता

जीवन दे सब सुख ने संता
जग जननी दे कोल
जै माता दी बोल भगता
जै माता दी बोल
खोलेगी तेरे लई दर तू

मन दी कुण्डी खोल
जै माता दी बोल भगता
जै माता दी बोल.........

कलजुग विच प्रत्यक्ष है देखी
महामाई दी शक्ति
मुक्ति दी युक्ति जे चाहो
कर लो इस दी भक्ति
वार दयो इस अमर जोत तों
ऐ जीवन अनमोल
जै माता दी बोल भगता
जै माता दी बोल.........

पाप, ताप, सन्ताप मिटावे
आप दया जे कर दी
सुख-सम्पत्ति अन्न-धन दे
नाल सबदी झोली भर दी
सब दे उत्ते करम कमावे
करम न देखो फोल
जै माता दी बोल भगता
जै माता दी बोल.........

ममता दी मूरत है मैय्या
सुन्दर रूप निराला
चरनां दे विच शीतल पानी
नैना विच ज्वाला
पार करेगी नैय्या मैय्या
दैय्या वांग न डोल

जै माता दी बोल भगता
जै माता दी बोल.........

गीतकार : अज्ञात गायक : नरेन्द्र चंचल

●

अखियां निमाणियां दा मान रख लै

अखियां निमाणियां दा मान रख लै
दे के तू दीदार मेरी आन रख लै
अखियां निमाणियां दा..........

तेरा ही भरोसा मैंनूं
तेरा ही सहारा
नजरां नूं मिल जाए
तेरा ही नजारा
चरणां च डिगियां दा ध्यान रख लै
दे के तू दीदार मेरी आन रख लै
अखियां निमाणियां दा........

मुद्दतां तो आस मैं तां
दर्शना दी लाई ए
तू नहीं आई जान
लबां उत्ते आई ए
दर्शन दे दे भांवे प्राण रख लै
दे के तू दीदार मेरी आन रख लै
अखियां निमाणियां दा........

सारा जग दाती मैनूं
ताने पया मारदा
'चंचल' मन मेरा
तैनूं ही पुकारदा
नां अपणे दी मैय्या शान रख लै
दे के तू दीदार मेरी आन रख लै
अखियां निमाणियां दा.........

गीतकार : चंचल गायक : नरेन्द्र चंचल

फुल्लां दा बनाया तेरा हार शेरां वालिए

फुल्लां दा बनाया तेरा हार शेरां वालिए
गोदी विच बिण के दे दे प्यार शेरां वालिए
फुल्लां दा बनाया.........

भगत ध्यानूं ने, ध्यान तेरा लाया सी
कटे होए घोड़े दा मां सीस मिलाया सी
शहनशाह दा तोड़या अहंकार शेरां वालिए
गोदी विच बिण के दे दे प्यार शेरां वालिए
फुल्लां दा बनाया......

चण्डी रूप धार के तू दुष्टां नूं मारया
श्रद्धा लै के आवे जो, तू उसदा बेड़ा तारया
सबना लई खुल्ला तेरा द्वार शेरां वालिए
गोदी विच बिण के दे दे प्यार शेरां वालिए

गीतकार : अज्ञात गायक : नरेन्द्र चंचल

मैं आया, मैं आया शेरां वालिए

तूने मुझे बुलाया, शेरां वालिए
मैं आया, मैं आया, शेरां वालिए
तूने मुझे बुलाया······

सारा जग है इक बनजारा
सबकी मंजिल तेरा द्वारा
ऊंचे परबत लम्बा रस्ता
पर मैं रह ना पाया, शेरां वालिए
मैं आया, मैं आया शेरां वालिए
तूने मुझे बुलाया······

तेरे पथ में मिल गए साथी
सूने पथ में जल गई बाती
मुंह खोलूं, क्या तुमसे मांगूं
बिन मांगे सब पाया, शेरां वालिए
मैं आया, मैं आया, शेरां वालिए
तूने मुझे बुलाया······

कौन है राजा, कौन भिखारी
एक बराबर सारे पुजारी
तूने सबको दर्शन दे के
अपने गले लगाया शेरां वालिए
मैं आया, मैं आया शेरां वालिए
तूने मुझे बुलाया······

गीतकार : अज्ञात गायक : नरेन्द्र चंचल

चलो बुलावा आया है

चलो बुलावा आया है, माता ने बुलाया है
ऊंचे परबत रानी मां ने दरबार लगाया है
चलो बुलावा आया है......

सारे जग का एक ठिकाना
सारे गम के मारों का
रस्ता देख रही है माता
अपनी आंख के तारों का
मस्त हवाओं का झोंका यह सन्देश लाया है
ऊंचे परबत रानी मां ने दरबार लगाया है
चलो बुलावा आया है......

जय माता की करते जाओ
आने जाने वालों को
चलते जाओ यों मत देखो
अपने पांव के छालों को
जिसने जितना दर्द सहा है, उतना चैन भी पाया है
ऊंचे परबत रानी मां ने, दरबार लगाया है।
चलो बुलावा आया है......

वैष्णो देवी के मन्दिर में
लोग मुरादें पाते हैं
रोते - रोते आते हैं और
हंसते - हंसते जाते हैं
मैं भी मांग के देखूं जिसने जो मांगा सो पाया है
ऊंचे परबत रानी मां ने दरबार लगाया है
चलो बुलावा आया है......

मैं भी तो इक मां हूं माता
मां ही मां को पहचाने
बेटे का दुख क्या होता है
और कोई क्या जाने
उसका खून मैं देखूं कैसे, जिसको दूध पिलाया है
ऊंचे परबत रानी मां ने दरबार लगाया है
चलो बुलावा आया है……

गीतकार : आनन्द बक्षी   गायक : नरेन्द्र चंचल, आशा भौंसले

●

रंग दे ओ मां

रंग दे ओ मां, रंग दे ओ मां
मैंनूं अपने ही रंग विच रंग दे ओ मां
रंग दे ओ मां……

खाक दा मैं पुतला, मैं रंग मेरा खाकी
ऐसी लाली चाढ़ो कोई न दाग रहे बाकी
सुणया मैं अगे तुसी रंगे ने बथेरे
आया दर तेरे, वेले मेरे कम मां
मैंनूं अपने ही रंग विच रंग दे ओ मां
रंग दे ओ मां……

दुनिया दे रंगा विच बड़ा खेड लित्ता ए
जिन्दगी दे चोले ताईं डबो-डब कीता ए
तुसी आप दसो मैंनूं किवें मैं भवानी

चोला डबां वाला नीला-काला धो लवां
मैंनूं अपने ही रंग विच रंग दे ओ मां
रंग द ओ मां……

रंग इक वारी मैंनूं भक्ति दा चाढ़ दे
तेरे दर आया हां मैं बेड़ा मेरा तार दे
दुनिया नूं तारया ए मात भवानी
तोड़ी न तूं दिल मेरा, कह दे तू हां
मैंनूं अपने ही रंग विच रंग दे ओ मां
रंग दे ओ मां……

लाल चोले वाली चख चाढ़ देओ लाली
रंग दे ओ मेरे अंग-अंग मां लाली
जिस तरह सी रंगया ए भगत ध्यानूं
'जोश' ओ रंग तैथों मंग मैं रहां
मैंनूं अपने ही रंग विच रंग दे ओ मां
रंग दे ओ मां, रंग दे ओ मां
मैंनूं अपने ही रंग विच रंग दे ओ मां
रंग दे ओ मां………

गीतकार : चमनलाल 'जोश' गायक : नरेन्द्र चंचल

नाम तुम्हारा सबसे प्यारा

नाम तुम्हारा सबसे प्यारा
तेरे नाम ही से मेरा नाम चले मां
नाम तुम्हारा सबसे प्यारा……

जीवन में मां भोर जो आए
मान से मेरी झोली भर जाए
कट जाए सारा जीवन अपना
तेरी ठण्डी छांव तले मां
तेरे नाम ही से मेरा नाम चले मां
नाम तुम्हारा सबसे प्यारा......

महिमा गाए हर एक प्राणी
पास मेरे न सुर न वाणी
सुन्दर स्वर दो शारदा वर दो
तेरी दया से बंजर फले मां
तेरे नाम ही से मेरा नाम चले मां
नाम तुम्हारा सवसे प्यारा......

तेरी तस्वीर मैय्या नैनों के दर्पण
हो जाए जीवन सारा तेरे ही अर्पण
जिसके मां तेरे चरणों के डेरे
उसका सूरज फिर कैसे ढले मां
तेरे नाम ही से मेरा नाम चले मां
नाम तुम्हारा सबसे प्यारा......

तुम जो चाहो बस में पवन को कर लो
सागर का सारा पानी अंजलि में भर लो
भेद निराला, जानों मां ज्वाला
कैसे बीच पानी तेरी ज्योति जले मां
तेरे नाम ही से मेरा नाम चले मां
नाम तुम्हारा सबसे प्यारा......

गीतकार : अज्ञात गायक : नरेन्द्र चचंल

मां जोतां वालिए

जो तुझ पे करे विश्वास
करे तू पूरी उसकी आस
बिगड़े हुए मां काम सभी के
पल में आवें रास
मां जोतां वालिए
मां शेरां वालिए
मां मेहरां वालिए......

कदम-कदम पे इस दुनिया ने
भक्तों को अजमाया
भक्तों की पत राखी तुमने
दुख हरनी महामायी
दूर रहे ना भक्तों से तू
रहे हमेशा पास
मां जोतां वालिए
मां शेरां वालिए
मां मेहरां वालिए......

भक्तों के विश्वास को मैय्या
जाने ये जग सारा
भक्तों की हुई जीत सदा और
पापी सदा ही हारा
शक्ति तेरी देखी जिसने
बना वो तेरा दास
मां जोतां वालिए

मां शेरां वालिए
मां मेहरां वालिए……

भव सागर में डूबे कैसे
अम्बे उसकी नैय्या
जिसकी नैय्या की जगदम्बे
बन गई आप खिवैय्या
मां बच्चों पे कृपा करती
करे दुखों का नास
मां जोतां वालिए
मां शेरां वालिए
मां मेहरां वालिए……

दुनिया का ठुकराया जो भी
तेरे दर पे आया
दिल का चैन मिला है उसको
जिसने तुझको ध्याया
रोम रोम में रम रही मैय्या
करो हृदय में वास
मां जोतां वालिए
मां शेरां वालिए
मां मेहरां वालिए…

गीतकार : अज्ञात गायक : नरेन्द्र चंचल

जय माता दी करदा जा

पौड़ी-पौड़ी चढ़दा जा
जै माता दी करदा जा
जै माता दी करदा जा
तू पौड़-पौड़ी चढ़दा जा
जै माता दी करदा जा……

चिन्तपूरनी माता रानी, चिन्ता दूर करदी ए
अपने सच्चे भगतां दी झोली विच खुशियां भरदी ए
मिल के बोलो—जय माता दी
रल के बोलो—जय माता दी
जै माता दी करदा जा……

नैना देवी मैय्या जो नैना विच वसदी ए
हर इक दुख-तकलीफ दूर उसतों नसदी ए
गज के बोलो—जय माता दी
रज के बोलो—जय माता दी
जै माता की करदा जा……

कांगड़े वाली माता दे संग जो भी भक्त प्यार करे
मेहरां करके अम्बे दाती उसदा बेड़ा पार करे
सारे बोलो—जय माता दी
प्यारे बोलो—जय माता दी
जै माता दी करदा जा……

मंशा देवी माता दे जेहड़ा प्राणी गुण गांदा ए
मंशा पूरी होवे उसदी कष्ट दूर हो जांदा ए
हंस के बोलो—जय माता दी

नस के बोलो—जय माता दी
जै माता दी करदा जा……

ज्योतां वाली माता जी जिसदे उत्ते मेहर करे
रात मुकाये दुःखा दी ते सुखां भरी सवेर करे
मिल के कहणां—जय माता दी
चुप नहीं रहणां—जय माता दी
जै माता दी करदा जा……

वैष्णो देवी माता दे मन्दरां ते झाडे झुलदे ने
माता दो जो शरणो आवे, भाग उसी दे खुलदे ने
मिल के बोलो—जय माता दी
रल के बोलो—जय माता दी
जै माता दी करदा जा……

जगत जननी वैष्णो मां दे द्वारे जो वी आंदा है
शांति उसनू मिले उसी दा जीवन सफल हो जांदा है
गज के बोलो—जय माता दी
रज के बोलो—जय माता दी
जै माता दी करदा जा……
पौड़ी-पौड़ी चढ़दा जा
जै माता दी करदा जा……

गीतकार : अज्ञात गायक : अज्ञात

जय माता की बोल

जय माता की बोल ओ भगता जय माता की बोल
शेरां वाली के द्वारे, तू मन की आंखें खोल
जय माता की बोल……

मैय्या का तू नाम सुमर ले
सारे कष्ट मिटेंगे
इस द्वारे पर आकर तेरे
सर के पाप कटेंगे
बोल दे मुंह से जै माता की नाम है ये अनमोल
जय माता की बोल……

जब भक्तों पर भीड़ पड़ी है
मां ने कष्ट निवारे
दीन-दुःखी सब तर जाते हैं
आ कर मां के द्वारे
तू भी अपने मुंह से वन्दे जय माता की बोल
जय माता की बोल……

मां है जग की पालनकर्ता
जग है उसका पुजारी
तू भी दया की भीख मांग ले
बन के एक भिखारी
मां के मन्दिर ढूंढ़ ले पगले इधर-उधर न डोल
जय माता की बोल……

जो भी मां के द्वारे आया
लौटा नहीं वो खाली

जो मांगोगे मिल जाएगा
मां है भोली भाली
कुछ करने से पहले मूरख अपने मन को खोल
जय माता की बोल......

मां के नाम की मन मन्दिर में
जिसने जगाई ज्योती
अम्बे की कृपा से उसकी
मंशा पूर्ण होती
मोह-माया के पलड़े में न मां की ममता तोल
जय माता की बोल......

गीतकार : अज्ञात   गायक : कमलेश तलवार

●

मेरी माता दे सिर उत्ते लाल चन्नियां

मेरी माता दे सिर उत्ते लाल चुन्नियां
मेरी दाती दे सिर उत्ते लाल चुन्नियां
लाल चुन्नियां, वे भगतो लाल चुन्नियां
शेरां वाली दे सिर उत्ते......

केले ले लो केले
केले-वेले कोई न लैणे, चलो मैय्या दे मेले
लाटां वाली दे सिर उत्ते लाल चुन्नियां
लाल चुन्नियां, वे भगतो लाल चुन्नियां
शेरां वाली दे सिर उत्ते......

छुआरे ले लो छुआरे
छुआरे---सारे कोई न लैणे, चलो मैय्या दे द्वारे
ज्योतां वाली दे सिर उत्ते लाल चुन्नियां
लाल चुन्नियां वे भगतो लाल चुन्नियां
शेरां वाली दे सिर उत्ते......

पेठे ले लो पेठे
पेठे-वेठे कोई न लैणे, बोलो मैय्या दी भेंटे
भवनां वाली दे सिर उत्ते लाल चुन्नियां
लाल चुन्नियां वे भगतो लाल चुन्नियां
शेरां वाली दे सिर उत्ते......

बोकर ले लो बोकर
बोकर-वोकर कोई न लैणे, बणों मैय्या दे नौकर
मन्दरां वाली दे सिर उत्ते लाल चुन्नियां
लाल चुन्नियां वे भगतो लाल चुन्नियां
शेरां वाली दे सिर उत्ते......

बस्ते ले लो बस्ते
बस्त-वस्ते कोई न लैणे, चलो मैय्या दे रस्ते
वैष्णों माई दे सिर उत्ते लाल चुन्नियां
लाल चुन्नियां वे भगतो लाल चुन्नियां
शेरां वाली दे सिर उत्ते......

कारें ले लो कारें
कार-वारें कोई न लैणे, बोलो जै-जैकारे
मेरी माई दे सिर उत्ते लाल चुन्नियां
शेरां वाली दे सिर उत्ते लाल चुन्नियां

गीतकार : अज्ञात ● गायक : कमलेश तलवार

चुन्नियां सत रंगियां

मेरी माता दियां चुन्नियां, सत रंगियां
मेरी दाती दियां चुन्नियां सत रंगियां
शेरां वाली दियां चुन्नियां सत रंगियां
मेहरा वाली दियां चुन्नियां सत रंगियां

सूहे रंग दी चुन्नी लै के
आ गई कौल—कंधौली
बाण गंगा ते पीली चुन्नी
लै खेले भां मोली
चुन्नी दी शान निराली—जै हो
चुन्नी है वेखण वाली—जै हो
मात मेरी शेरां वाली—जै हो
मात मेरी मेहरां वाली—जै हो
मेरी माता दियां चुन्नियां सत रंगियां
मेरी दाती दियां चुन्नियां......

चरण पादुका पंज कंजकां नूं
चुन्नी मां वरताई
आद कवारी, रंग मूंगिया
वण्डे सांवल माई
चुन्नी दी शान निराली—जै हो
चुन्नी है वेखण वाली—जै हो
मात मेरी ज्योतां वाली—जै हो
मात मेरी लाटां वाली—जै हो
मेरी दाती दियां चुन्नियां सत रंगियां
मेरी माता दियां चुन्नियां........

हाथी मत्थे चुन्नी मां ने
रंग हरे दी कीती
सांझी छत सोआ चुन्नी
लाल रंग दी लीती
चुन्नी दी शान निराली—जै हो
चुन्नी है वेखन वाली—जै हो
मात मेरी शेरां वाली—जै हो
मात मेरी मेहरां वाली—जै हो
मन्दरां वाली दियां चुन्नियां सत रंगियां
मेरी माता दियां चुन्नियां.........

जो रंग रंगया भगता संता
ओ चुन्नी है केड़ी
हर कोई आखे ओ रंग मेरा
लै लए दाती जेड़ी
चुन्नी दी शान निराली —जै हो
चुन्नी है वेखण वाली —जै हो
मात मेरी शेरां वाली —जै हो
मात मेरी मेहरां वाली —जै हो
भवना वाली दियां चुन्नियां सत रंगियां
मेरी दाती दियां चुन्नियां......

गीतकार : अज्ञात गायक : नरेन्द्र चंचल

मुझे तेरा ही सहारा शेरां वाली मां

मुझे तेरा ही सहारा शेरा वाली मां
शेरां वाली मां, मेरी मेहरां वाली मां
मुझे तेरा ही सहारा......

जनम-जनम का हूं मैं पापी
धरम-करम ना जानूं
ज्योति तेरी अमर है जगमग
इतना ही मैं जानूं
तेरा सबसे ऊंचा द्वारा, शेरां वाली मां
शेरां वाली मां मेरी मेहरां वाली मां
मुझे तेरा ही सहारा.....

मेरे अवगुण माफ करो अब
मैं हूं अवगुण हारा
चरण कमल का देओ आसरा
सेवक बनूं तिहारा
ये ही दिल ने पुकारा, शेरां वाली मां
शेरां वाली मां, मेरी मेहरां वाली मां
मुझे तेरा ही सहारा......

मां - बेटे का अमर है नाता
जाने दुनिया सारी
ममता की मूरत हो सांची
मन में की छवि प्यारी
तूने पापियों को तारा, शेरां वाली मां
शेरां वाली मां, मेरी मेहरां वाली मां
मुझे तेरा ही सहारा.....

सांची ज्योत जगाओ मन में
दूर करो अन्धियारा
मन की आंखों से मैं देखूं
सुन्दर द्वार तिहारा
तेरा नाम सदा प्यारा शेरां वाली मां
शेरां वाली मां, मेरी मेहरां वाली मां
मुझे तेरा ही सहारा......

करूं तेरा जगराता अम्बे
श्रद्धा दीप जलाऊं
जै माता की बोल-बोल के
जीवन सफल बनाऊं
कर लो मेरा भी उद्धारा, शेरां वाली मां
मुझे तेरा ही सहारा......

गीतकार : अज्ञात **गायक : नरेन्द्र चंचल**

●

पोड़ी-पोड़ी चढ़दा जा

पोड़ी - पोड़ी चढ़दा जा
जै माता दी करदा जा
जै माता दी करदा जा
पोड़ी - पोड़ी चढ़दा जा

सोणा, अजब नजारा है
दसदियां राह कंजकां, जित्थे मैय्या दा द्वारा है

पोड़ी - पौड़ी चढ़दा जा
जै माता दी करदा जा

पइयां कंजकां गान्दियां ने
चढ़ जा चढ़ाई भगता, पइयां संगता जान्दियां ने
जै माता दी करदा जा
पोड़ी - पोड़ी चढ़दा जा

मां दे भगत न कदी रुकदे
आद कुआरी मन्दर, जित्थे गेड़ चुरासी मुक दे
पोड़ी - पोड़ी चढ़दा जा
जै माता दी करदा जा

आगे कठिन चढ़ाई ए
हाथी मत्था जावीं भगता, मैय्या आप सहाई ए
जै मादा दी करदा जा
पोड़ी - पोड़ी चढ़दा जा

'मीनू' हर साल आंदी रहवे
चरणी ला लओ मैय्या, ऐ जस तेरा गांदी रहवे
पोड़ी - पोड़ी चढ़दा जा
जै माता दी करदा जा

मां दे मन्दर अज आ गए ने
'निर्बल' प्यारे माई नू, जेड़े भेंट चढ़ा गए ने
जै माता दी करदा जा
पोड़ी - पोड़ी चढ़दा जा

जोर से बोलो — जै माता दी
शोर से बोलो —जै माता दी

सारे बोलो — जै माता दी
प्यारे बोलो — जै माता दी
रज के बोलो — जै माता दी
गज के बोले — जै माता दी

गीतकार : करतारचंद 'निर्बल' गायिका : मीनू चड्ढा

मैंनू नौकर रख लओ जी

नौकर रख लओ जी
मैय्याजी मैंनू नौकर रख लओ जी
मेरी जगदम्बे महामाई
मैं दुखिया दर ते आई
मै इक्को अरजी पाई
मैय्याजी मैंनू नौकर रख लओजी
नौकर रख लओ जी

सुबह-सवेरे उठके मैं सारी सेवा कमावां
आप दे मन्दर जा के मैं झाड़ू-पौंचा लावां
दातिए सेवा करके मैं भवसागर तरजावां
द्वारे तेरे आई मैय्या
जग दी हां ठुकराई
मैय्याजी मैंनू नौकर रख लओ जी
नौकर रख लओ जी

मां आप मैं गुण तेरा गावै लै के रोली चंदन
मैं चरणा धोय के पीवां, न जाना कोई पूजन

मैं निगुर्ण, गुण न कोई, अम्बेजी दीजो दर्शन
बिन दरशन ऐ तरसन अखियां
अखियां आस लगाई
मैंय्याजी मैंनू नौकर रख लओ जी
नौकर रख लओ जी

सेवा करां मैं दाती जो संगता दर ते आवन
जो आपदा नाम ध्यावन ओ झोलो खैर पवावन
जिन्दगो दे चार दिहाड़े तेरे चरणां विच कट जावन
चरणां तो मां दूर करो ना
करो मेरी सुनवाई
मैय्याजी मैंनू नौकर रख लओ जी
नौकर रख लओ जी

मैं शोभा सुण के आई तुसीं तारे औगुण हारे
'मीनू' सेवा दे वदले नहीं मंगदी भण्डारे
'निर्बल' दी मां जगदाती, तुसां डुबदे पत्थर तारे
जग सारा ऐ मतलब दा है
मैं छड संसार नू आई
मैय्याजी मैंनू नौकर रख लओ जी
नौकर रख लओ जी

गीतकार : करतारचंद 'निर्बल' गायिका : मीनू चड्ढा

कण-कण विच आप समाई

ऐ रचना जिन्ने रचाई
कण-कण विच आप समाई

जिद्दा नाम बड़ा सुखदाई
ओ भगतो शेरां वालिए ए
ओ भगतो मेहरां वाली ए
जो इसदी पूजा भगत प्यारे करदे ने
ऐदी सरदल ते सिर प्यार नाल जो धरदे ने
जिसदा दर्शन करके भगत झोलियां भरदे ने
जिन्नूं बखरी मां सहारा पार उतरदे ने
दरबार है माँ दा न्यारा
एदा उच्चा सुच्चा द्वारा
जिन्नूं पूजे ऐ जग सारा
ओ भगतो शेरां वाली ए
ओ भगतो मेहरां वाली ए

ओ जगदम्बे ने रूप अनेकां धारे ने
ऐदे दर ते ब्रह्मजी ने वेद उचारे ने
जित्थे देवी देवता पूजा करदे सारे ने
उस दर दे भगता वेखें अजब नजारे ने

जित्थे बदे-बदे अहंकारी
हत्थ जोड़ के बने पुजारी
जिन्ने सारी दुनिया तारी
ओ भगतो शेरां वाली ए
ओ भगतो मेहरां वाली ए
जिसने श्रद्धा भक्ति नाल मैय्या नूं ध्याया ए
ऐस दाती ओहदा बेड़ा पार लगाया ए
जिन्ने दिल विच इस दाती दा रूप वसाया ए
इस शक्ति मां तो 'निर्बल' ने बल पाया ए
एदा नाम तू वन्दे ध्या लै

इस दर ते डेरा ला ले
नाले रज-रज दर्शन पालै
ओ भगतो शेरां वाली ए
ओ भगतो मेहरां वाली ए

गीतकार : करतारचन्द्र 'निर्बल' गायिका : मीनू चड्ढा

वरां दी है वरदाती

शेरां वालड़ी दे द्वारे आ के देखो
मैय्या दा है रूप सुहाना
कि वरां दी है वरदाती
पूजे मैय्याजी नूं सारा जमाना
कि वरां दी है वरदाती

वर दे के मैय्या सबदे भण्डारे भर दी
एहियो सिफत मैं देखी मैय्याजी दे दर दी
दुखियां दे दुख मैय्या दूर करदी ए
जाणदा ए नियाणा ते सियाना
कि वरां दी है वरदाती

ऐदे दर आके झुक पीर ते फकीर ने
'मीनू' सच्ची गल ऐ आखे दर ऐ अखीर ने
ऐ दाती दिलां नूं करार देवदी ए
दर आके शीश नूं झुकाना
कि वरां दी है वरदाती

वेखी ममता मैं वेखी दाती जानी जान दी
गलां तेरियां ते गेरियां भवानी जान दो
'निर्बल' जेहड़ा आ के अरज गुजारदा
मिलदा ए प्यार दा खजाना
कि वरां दी है वरदाती

गीतकार : करतारचंद 'निर्बल' गायिका : मीनू चड्ढा

शरण में ले लो मां

शरण में ले लो मां
अब न मुझे ठुकराओ दाती, पकड़ लो मेरी बां
शरण में ले लो मां......

भक्त हितैषी पतित पावनी
दीन दुखी हितकारी
गौर वर्ण मृगलोचनी गौरी
चन्द्रमुखी भयहारी
तेरा दर अब छोड़ के दाती, जाऊं और कहां
अब न मुझे ठुकराओ दाती, पकड़ लो मेरी बां
शरण में ले लो मां......

नील गगन में जैसे चमकें
चांद के गिर्द सितारे
ऐसे तोरे गगन के आगे
बैठे भक्त प्यारे

लाल ध्वजा ले खड़ा द्वारे, महाबीर बलवां
अब न मुझे ठुकराओ दाती पकड़ लो मेरी बां
शरण में ले लो मां······

ऋषि-मुनी-योगी-योगीश्वर
तुमरा ध्यान लगाए
जिस पर मेहर करे तू दाती
वो ही दर्शन पाए
'जोश' को भी दर्शन दो अपने पास बुलाके वहां
अब न मुझे ठुकराओ दाती, पकड़ लो मेरी बां
शरणमें ले लो मां······

गीतकार : चमनलाल 'जोश' गायक : नरेन्द्र चंचल

अखियां खूब सजाइयां

अखियां विच पा कज्जल सुरमे
तू अखियां खूब सजाइयां
जेड़े कम लई अखियां मिलियां
तू उस लेखे नहीं लाइयां
मैय्या दे ध्यान विच लाइयां क्यों न अखियां
नाम वाले रंग रंगवाइयां क्यों न अखियां
अखियां—अखियां···

अखियां विच नशा तेरे चढ़या ए जरंदा
होले ते वसीले कर माया कट्ठी करदा

झूठी माया कोलों तू बचाइयां क्यों न अखियां
अखियां—अखियां...
मन ते अहंकार विच मन तू फंसाया क्यूं
पापा ते भुलेखे विच अखियां नूं पाया क्यूं
पापा नूं त्याग चमकाइयां क्यों न अखियां
अखियां—अखियां...

शेरां वाली माई दे द्वारे चल भगता
'मीनू' आखे दुःख तेरे जान टल भगता
मैय्या जी दी राह ते बिछाइयां क्यों न अखियां
सुख सदा मिले पल्ला फड़े जो भवानी दा
जीवन है तेरा बन्दे बुलबुला पानी दा
ध्यानूं वांग 'निर्बल' सजाइयां क्यों न अखियां
अखियां—अखियां...

गीतकार : करतारचंद निर्बल' गायक : मीनू चड्ढा

●

श्री अम्बाजी की आरती

ॐ जय अम्बे गौरी, मैया जय श्यामा गौरी।
तुमको निशिदिन ध्यावत, हरि ब्रह्मा शिव री ।।१।। ॐ जय०
मांग सिंदूर विराजत टीको मृगमद को।
उज्ज्वल से दोउ नैना, चन्द्रबदन नीको ।।२।। ॐ जय०
कनक समान कलेवर, रक्ताम्बर राजे।
रक्त-पुष्प गल माला, कण्ठन पर साजे ।।३।। ॐ जय०
केहरि वाहन राजत, खड्ग खपर धारी।
सुन-नर-मुनि-जन सेवत, तिनके दुखहारी ।।४।। ॐ जय०

कानन कुण्डल शोभित, नासाग्रे मोती ।
कोटिक चन्द्र दिवाकर, सम राजत ज्योति ॥५॥ ॐ जय०
शुम्भ निशुम्भ विदारे, महिषासुर-घाती ।
धूम्रविलोचन नैना, निशदिन मदमाती ॥६॥ ॐ जय०
चण्ड मुण्ड संहारे, शोणित बीज हरे ।
मधु कैटभ दोउ मारे, सुर भयहीन करे ॥७॥ ॐ जय०
ब्रह्माणी, रुद्राणी, तुम कमला रानी ।
आगम-निगम-बखानी, तुम शिव पटरानी ॥८॥ ॐ जय०
चौंसठ योगिनी गावत, नृत्य करत भैरूं ।
बाजत ताल मृदंगा, और बाजत डमरू ॥९॥ ॐ जय०
तुम हो जग की त्राता, तुम ही हो भरता ।
भक्तन की दुख हरता, सुख सम्पति करता ॥१०॥ ॐ जय०
भुजा आठ अति शोभित, वर-मुद्रा धारी ।
मनवांछित फल पावत, सेवत नर-नारी ॥११॥ ॐ जय०
कंचन थाल विराजत, अगर कपूर बाती ।
(श्री) माल केत में राजत कोटि रतन ज्योति ॥१२॥ ॐ जय०
(श्री) अम्बेजी की आरती, जो कोई नर गावे ।
कहत शिवानंद स्वामी, सुख-सम्पति पावे ॥१३॥ ॐ जय०

०००